陳福成著

文學叢刊

這一世只做好一件事

——爲中華民族留下一筆文化公共財

文史哲出版社印行

國家圖書館出版品預行編目資料

這一世只做好一件事：為中華民國留下一筆文化公共財 / 陳福成著 -- 初版 --
臺北市：文史哲出版社，民 110.09
頁；公分--（文學叢刊；442）
ISBN 978-986-314-567-7（平裝）

863.55　　　　110015294

文學叢刊 442

這一世只做好一件事

爲中華民族留下一筆文化公共財

著　者：陳　福　成
出版者：文　史　哲　出　版　社
http://www.lapen.com.tw
e-mail:lapen@ms74.hinet.net
登記證字號：行政院新聞局版臺業字五三三七號
發行人：彭　正　雄
發行所：文　史　哲　出　版　社
印刷者：文　史　哲　出　版　社
臺北市羅斯福路一段七十二巷四號
郵政劃撥帳號：一六一八〇一七五
電話886-2-23511028・傳真886-2-23965656

定價新臺幣三八〇元

二〇二一年（民一一〇）九月初版

ISBN 978-986-314-567-7　　10442

序　這一世只做好一件事——

爲中華民族留下一筆文化公共財

在我的大學時代，我的國文老師曾引弘一大師李叔同講的一句話，說給全班同學聽：

明師難遇，佛法難得，生身中國人更難得。

這句很有啟蒙作用的話，讓我一輩子不忘。半個多世紀來，我不斷在反思、體驗，並實踐這句話的意涵，充份感受到這是真實、確實。

到了壯中之年，我開始把裝在腦袋裡的「中國東西」，全部進行有系統的「文字化」，逐年一一出版所有著作。在每一本書的作者簡介都有這段話：以「黃埔人」為職志，以「生長在臺灣的中國人」為榮耀；創作、寫詩，鑽研「中國學」，以貢獻所能和所學為自我實現途徑，以宣揚中華文化，為中華民族留下一筆文化公共財，為一生不忘之志業。

我一生以「生為中國人」為榮，五千年文明文化，千萬平方公里山河大地，亦我所有。中國是我！我是中國！抬頭挺胸走在地球上，睥睨西洋和東洋那些貨，內心沒有小島的悲情，反而有幾分「自大」。

臺北文史哲出版社董事長彭正雄先生，為筆者多年老友，也是志同道合的文化工作者，我們早有一個共同宣言：「陳福成先生所有已出版著作，全部放棄所有版權，贈為中華民族文化公共財，任何個人、單位、出版公司等，均可自由印行，不須經作者同意，廣為宣揚中華文化，共同為復興中華民族，實踐中國夢而努力。」

彭正雄先生經營文史哲出版社一甲子，數十年來中國歷史上重要經典，幾全被他的出版社印行，大量流通兩岸與海外；彭先生又致力於兩岸文化出版交流。他一生為復興中華民族，為宣揚中華文化，從年輕到老，出錢出力，從無厭倦，且老當益壯。他與筆者皆有共識：為中華民族留下一筆文化公共財。

「這一世只做好一件事」，只是個人「感覺良好」，到寫本文為止，筆者約有一百五十本書，這些書「好」或「不好」，沒有任何定論或標準。只是覺得這輩子，有這麼多作品典藏在數百個兩岸圖書館，似乎足以安慰，不虛此生，也算瀟灑走一回，對自己有個交待了。

這本書好像也是人生的總結，今年七十歲，假如老天爺要給我時間（也是我的天命或業），大約還有五十本著作要完成。希望老天慈悲能給我足夠的時間，不是用來享受什麼！而是為中華民族留下一大筆文化公共財——二百本中國書，給現在兩岸中國人和未來炎黃子民賞讀，啟蒙生身中國人的難得。

臺北公館蟾蜍山　萬盛草堂主人　**陳福成**　誌於

佛曆二五六四年　公元二〇二一年六月

這一世只做好一件事

——爲中華民族留下一筆文化公共財

目 次

第一章　從二本書說起

一九九五年，《決戰閏八月》和《防衛大臺灣》兩本書相隔數月出版，一時在臺灣地區「轟動武林、驚動三教」，讓我突然「紅」了起來。我原來準備要退伍，報告已上呈到教育部，人紅了，升官的機會也有了，竟因出版這兩本書升了上校，說來有些神奇！（註一）

為什麼出版了兩本書人就紅？現在回想有主客觀因素。客觀因素（一），當時兩岸出現「閏八月危機」，臺灣社會面臨一九四九年來「第二次逃亡潮」，大家以為中共要打來了，許多有錢人開始要出走，逃到美國或更遠的地方。我在《決戰閏八月》一書，確定指出「一九九五閏八月」，臺海不會有戰爭（詳見該書）。當是時，各大報紙訪問過我，有《聯合報》、《中華日報》、

請看兩岸軍事研究專家——陳福成暢銷姐妹作！
決戰閏八月
防衛大台灣
全台灣 出版
大人物管理顧問有限公司 總代理

《經濟日報》、《民眾日報》、《臺灣時報》、《自由時報》，而「華視新聞雜誌」也做了兩輯專訪，好幾個電臺也訪談，一時之間成了教官界的紅人。「紅人」，似乎就俱備升官的條件。

客觀因素（二），當時我的身份是「臺灣大學教官」。臺大生態環境不一樣，對著作研究等是高度鼓勵的，與野戰部隊不同。二十多年後，我回想此事，若《決戰閏八月》和《防衛大臺灣》二書，出版時我是野戰部隊的軍職，結果可能和二〇二〇年美軍「羅斯福航母」艦長一樣，撤職或查辦！

幸好我在臺灣大學，臺大是一頂「大帽子」，又像「安全港」，政府高層聽到「臺大」就頭痛。因此，不想來「惹」臺大，在很多方面都如是。例如，軍訓處規定，教官上班上課要穿軍服，但臺大校長陳維昭叫我們穿西裝或便服，我們也喜歡穿便服，軍訓處只好讓臺大。

《決戰閏八月》出版，除我的自序，寫序的尚有四位大人物，分別是：臺灣大學校長陳維昭博士、教育部軍訓處處長宋文將軍、臺大總教官韓懷豫將軍、國策中心國防專家蘇進強先生。

《防衛大臺灣》出版，除我的自序外，寫序的也有三位大人物，分別是：臺灣大學校長陳維昭博士、教育部軍訓處處長宋文將軍、臺大總教官李長嘯將軍。

有了這些大人物的推薦，不紅也難，我乃「鹹魚翻身」，從「待退」變「晉升」。在晉升餐會上，校長陳維昭致詞當著百餘臺大教職員說：「能夠一年出版兩本學術研究著作，且對兩岸產生重大影響，本校只有陳福成主任教官一人。」

客觀因素（三），當時的社會環境，軍訓教官或軍職人員，尚不時興公開出版著作，我的《決》、《防》二書出版後，一砲而紅，帶動教官界出版著作的流行。我也成了教官界「典範」人物，二書則成為各大學軍訓教官參考用書，這些都是讓人「紅」起來的原因。

主觀因素就是我自己，我有什麼「紅」的條件？有什麼成為「典範人物」的條件？仔細檢視自己這塊料，沒有，就是沒有！若有，就是我的寫作能力比很多人強一些。為何我的寫作能力很強？現在思索不外以下原因，（一）大約從十三歲（初中一年級）開始練習寫作，數十年從未間斷，這是很有用的磨練。（二）野戰部隊十九年，含五次金馬外島，雖碰到不少「災難」，也是很珍貴的實務經驗。（三）讀政治研究所讓我得到政治學知識，讀陸院讓我得到有系統的軍事知識。後來我對一個同學劉建民說，「研究所讓我脫胎換骨」，他聽了也去考研究所。

《決》、《防》二書出版後，除了臺灣地區引起轟動，大陸地區竟也引起注意，這是我始料不及的。北京《軍事文摘專刊》（59期），用我上校授階照片當封面人物，封面有一行字「臺灣軍魂陳福成之謎」（見前照片），我何時成了「臺灣軍魂」？大惑不解。專刊內文對我少不了詳加介紹，一篇短文簡述「陳福成的戰略思想」：

隨著李登輝又一次拋出所謂大陸與臺灣之間特殊的「兩國論」，臺灣問題又一次引起國人的關注。

隨著香港的勝利回歸，澳門也將在幾個月後回到祖國的懷抱，臺灣問題決不能無限期拖下去。

但是，如何統一臺灣卻一直是個敏感話題。和平統一當然是炎黃子孫的共同心願，可是如果臺灣當局刻意要製造「兩個中國」或「一中一臺」的局面的話，我國將完全有能力和決心維護祖國的統一。正因此，祖國大陸一直不言對臺放棄武力。

而隨著臺島內「臺獨」聲音塵囂甚上，全國人民盼望早日統一臺灣的呼聲也此起彼伏。

在和平統一的願望下，我們也要做到對臺灣軍隊「知己知彼，百戰百勝」。為此我們，更要了解臺灣軍隊將領們的軍事指導原則、作戰方針、戰略思想。

而號稱「臺島軍魂」的臺灣大學中校教官陳福成，雖是一介校官，但是其撰寫的《決戰閏八月》和《防衛大臺灣》，兩書奠定了其在臺灣軍界的戰略家地位。

所以，了解了陳福成的戰略思想即基本掌握了臺灣軍隊的作戰策略。陳福成雖一直在臺灣陸軍就職，但是，他針對臺灣的特殊地理位置提出的「陸、海、空」一體化的防禦體系，深深地影響了臺灣軍隊的頭頭腦腦們。

由於臺灣的地理生存環境和政治生存環境都很狹小，所以陳福成認為，臺灣軍隊和大陸軍隊對抗中，將主要以防禦作戰為主。但是臺灣除了有一般防禦作戰的性質外，更有其獨特的特質，這些特質在古今戰史上尚無同型，陳福成認為臺灣的防禦作戰更應是一種「特種作戰」。

他認為臺灣的防禦作戰特點是：預警短、縱深淺、決戰快、外援難、守勢作戰、以小搏大。由於這些特點，陳福成認為，如果一旦大陸對臺動武，第一輪攻擊波可能在離臺灣島十到二十海里的海面區，形成戰爭初期的水面激戰，而真正的決戰將在三千到五千米的海灘上進行。

正是在這種作戰指導思想的影響下，臺灣軍隊在臺灣島的東、北、西之面，形成了遠、中、近三層立體防禦工事。

以上是這本北京《軍事文摘專刊》（59期），所介紹「臺灣軍魂陳福成的戰略思想」。該專刊同時也將我的學經歷、野戰部隊任職、著作等背景資料全部刊登，證明情報蒐集的完整。

但我要特別聲明《決戰閏八月》一書，是一九九五年的時代背景，該書所論述的七個主題：（一）中共戰爭潛力、（二）武器裝備研發、（三）兩岸戰力比、（四）武統臺灣時機、（五）武統能力、（六）可能作戰方式、（七）政經因素影響等。已是二十六年前的「舊時代」，現在的解放軍已全面升級，完全有能力在六個小時內，瓦解臺灣所有「指管通情電」，消滅國軍主要戰力。這已是另一個命題，非本文內容，可詳見筆者另著《二十一世紀中國大戰略——武統臺灣之部》，此不贅言。

回到前面那篇介紹文，我意外成了「臺灣軍魂」，說實在，這是謬說，不管是一九九五年或二〇二一年，臺灣軍隊已沒有軍魂。若有，也只有「蔣公時代」，尚有一點「軍魂」，自從大漢奸李登輝之後的三十年來，臺灣軍隊（將領官兵），都為「臺獨偽政權」服務，何來「軍魂」？筆者也當不了「臺灣軍魂」，我倒樂意當「中國軍魂」──如果有機會的話！

再者，該文說「臺灣大學中校教官陳福成，雖是一介教官，但是其撰寫的《決戰閏八月》和《防衛大臺灣》兩書，奠定了其在臺灣軍界的戰略家地位。」這段話也是謬讚，《決》《防》二書流行一時是事實，甚至國防部也採購數百本，但層次並未達到「戰略家」水平。在臺灣唯一有資格稱「戰略家」，僅鈕先鍾一人。（註二）

一九九五年之後的幾年，我奉軍訓處處長宋文之命，負責編寫《國防通識──國家安全之部》（第二章乙種著作），做為各大學、專刊、高中職軍訓課之用；及為完成《國家安全與戰略關係》一書（註三），於一九九六年元月十六日，到鈕先鍾先生居所訪談，請益有關戰略問題，後來將訪談內容寫成兩篇論文，發表在《陸軍學術月刊》。老戰略家已在幾年前過逝，如今小島不產戰略家，只產漢奸政客，軍人無魂，只待武統！

《決》、《防》二書的出版，是我開始出版著作的第一、二本，對我而言，最大的作用是鼓舞，寫作信心倍增，一發不可收拾，至今活到老寫到老。這是軍職以外，意想不到走出的一條路，年輕時代和「長青兄弟」計劃偉大的事業，從未實踐過，僅一場天真的夢幻。

而這輩子唯一做好的一件事，竟是寫作並積極完成出版，讓作品典藏在兩岸四百個圖書館，使未來代代炎黃子孫有機會看到我的著作，並受到啟蒙或影響。二書之後，到底寫了什麼？出版了多少？看下章分解。

註釋

註一　陳福成，《決戰閏八月：後鄧時代中共武力犯臺研究》（臺北：金臺灣出版社，一九九五年七月）。陳福成，《防衛大臺灣：臺海安全與三軍戰略大佈局》（臺北：金臺灣出版社，一九九五年十一月）。

註二　鈕先鍾，江西九江人，一九一三年七月生，南京金陵大學理學士。曾任《臺灣新生報》總編輯、國防計畫局編譯室主任、軍事譯粹社發行人、淡江大學歐洲研究所教授與戰略所榮譽教授、三軍大學講座教授。譯作將近九十種，包含《第二次世界大戰戰史》、《島嶼浴血戰》、《希特勒征俄之役》、《西洋世界軍事史》、《二十世紀名將評傳》、《戰爭藝術》、《戰爭論精華》、《戰略論》、《戰爭指導》、《戰略緒》等等。著作亦多，包括《第一次世界大戰》、《第二次世界大戰》、《大戰略漫談》、《現代戰略思潮》、《中國戰略思想史》、《西方戰略思想史》、《孫子三論》、《中國歷史中的決定性會議》等等。

註三　陳福成，《國家安全與戰略關係》（臺北：時英出版社，二〇〇〇年三月）。

第二章　出版了這麼多書

《決戰閏八月》和《防衛大臺灣》二書出版後，每年都有很多作品出版，除了一兩年忙於編寫《國防通識》教科書沒有私人作品出版，餘各年代至今每年都有大量作品（或編）付梓。

出版了這麼多書，到底是什麼心態？應該不是單一原因可以解釋，每有朋友問起，我都客氣答說「打發時間」。也有幾分真實是，要說到詳盡可能可以列出十個原因（因緣），世間一切事之所以形成「現在的果」，都是有很多因造成，不是嗎？

以下就按年代順序，區分甲乙丙三種著作（含編、譯、合著），梳理一下到底走過這段路，留下多少痕跡。我清楚明白，百餘作品無一「經典」，只是「凡走過必留下痕跡」。

壹、甲種著作（含著、編、譯、著編）出版順序

從一九九五年《決》、《防》二書出版，到二〇二一年底，以一百三十五本計，按出版年代製一統計表，並簡略註明出版者、出版時間、字數（以萬計）。從各個年代出版品內容，也可以粗淺的知道那個年代自己的心思何在！或我所接觸的外界人事物，這是我的「人生日記」。

陳福成著作（著、編、譯）（甲種）

編號	書　　　　　名	出版者	出版版間	字數(萬)
1	決戰閏八月：後鄧時代中共武力犯臺研究	金臺灣	1995.07	10
2	防衛大臺灣：臺海安全與三軍戰略大佈局	金臺灣	1995.11	20
3	非常傳銷學：傳銷的陷阱與突圍對策	金臺灣	1996.12	8
4	國家安全與情治機關的弔詭	幼　獅	1998.07	15
5	國家安全與戰略關係	時　英	2000.03	13
6	解開兩岸 10 大弔詭	黎　明	2001.12	10
7	尋找一座山（現代詩集）	慧　明	2002.02	3
8	孫子實戰經驗研究	黎　明	2003.07	12
9	大陸政策與兩岸關係	黎　明	2004.03	12
10	五十不惑：一個軍校生的半生塵影	時　英	2004.05	12
11	中國歷代戰爭新詮	時　英	2006.07	20
12	中國近代黨派發展研究新詮	時　英	2006.09	25
13	中國政治思想新詮	時　英	2006.09	40
14	中國四大兵法家新詮：孫子　吳起　孫臏　孔明	時　英	2006.09	25
15	春秋記實（現代詩體）	時　英	2006.09	2
16	新領導與管理實務：新叢林時代的智慧	時　英	2008.03	10
17	性情世界：陳福成情詩集	時　英	2007.02	2
18	國家安全論壇（論文）	時　英	2007.02	7
19	頓悟學習（論文）	文史哲	2007.12	9
20	春秋正義（文論）	文史哲	2007.12	9
21	公主與王子的夢幻（散文）	文史哲	2007.12	8

22	幻夢花開－江山（傳統詩詞）	文史哲	2008.03	3
23	一個軍校生的臺大閒情（詩、散文）	文史哲	2008.06	6
24	愛倫坡恐怖推理小說經典新選	文史哲	2009.02	10
25	春秋詩選（現代、傳統詩）	文史哲	2009.02	4
26	神劍與屠刀（人類學有關文論）	文史哲	2009.10	9
27	赤縣行腳．神州心旅（現代、傳統詩）	秀　威	2009.12	3
28	八方風雨．性情世界（現代詩）	秀　威	2010.06	3
29	洄游的鮭魚：巴蜀返鄉記	文史哲	2010.01	9
30	古道．秋風．瘦筆（散文）	文史哲	2010.04	10
31	山西芮城劉焦智《鳳梅人》報研究	文史哲	2010.04	9
32	男人和女人的情話真話（一頁一小品）	秀　威	2010.11	5
33	《三月詩會》研究	文史哲	2010.12	20
34	迷情．奇謀．輪迴（小說）	文史哲	2011.01	30
35	找尋理想國：中國式民主政治研究要綱	文史哲	2011.02	5
36	在鳳梅人小橋上：山西芮城三人行	文史哲	2011.04	8
37	我所知道的孫大公（黃埔 28 期）	文史哲	2011.04	8
38	漸凍勇士陳宏傳：他和劉學慧的傳奇故事	文史哲	2011.05	12
39	大浩劫後：日本東京都知事石原慎太郎天譴說溯源探解	文史哲	2011.06	5
40	第四波戰爭開山鼻祖賓拉登	文史哲	2011.07	5
41	臺北公館地區開發史	唐　山	2011.07	5
42	臺大逸仙學會：中國統一的經營	文史哲	2011.08	5
43	從皈依到短期出家	文史哲	2012.04	4
44	中國神譜：中國民間信仰之理論與實務	文史哲	2012.01	20
45	金秋六人行：鄭州山西之旅	文史哲	2012.03	20

46	中國當代平民詩人王學忠	文史哲	2012.04	9
47	《三月詩會》20 年紀念別集	文史哲	2012.06	8
48	最自在的是彩霞：臺大退休人員聯誼會	文史哲	2012.09	8
49	臺灣邊陲之美（詩、散文）	文史哲	2012.09	8
50	政治學方法論概說	文史哲	2012.09	10
51	西洋政治思想史概說	文史哲	2012.09	12
52	臺中開發史：兼龍井陳家移臺略考	文史哲	2012.11	10
53	嚴謹與浪漫之間：詩俠范揚松	文史哲	2013.02	15
54	讀詩稗記：蟾蜍山萬盛草齋文存	文史哲	2013.03	8
55	英文單字研究	文史哲	2013.04	3
56	與君賞玩天地寬：陳福成作品評論（編）	文史哲	2013.05	9
57	古晟的誕生：陳福成 60 詩選	文史哲	2013.05	5
58	迷航記：黃埔情暨陸官 44 期一些閒話	文史哲	2013.05	9
59	為中華民族的生存發展進百書疏：孫大公思想主張書函手稿	文史哲	2013.07	6
60	一信詩學研究：解剖一隻九頭詩鵠	文史哲	2013.07	10
61	日本問題的終極處理：廿一世紀中國人的天命與扶桑省建設要綱	文史哲	2013.07	5
62	天帝教的中華文化意函	文史哲	2013.08	10
63	臺大教官興衰錄	文史哲	2013.10	9
64	圖文並說臺北的前世今生：臺北開發的故事	文史哲	2014.01	6
65	把腳印典藏在雲端：三月詩會詩人手稿詩	文史哲	2014.02	3
66	奴婢妾匪到革命家之路：復興廣播電臺謝雪紅訪講錄	文史哲	2014.02	20
67	臺北公館臺大地區考古導覽	文史哲	2014.05	8
68	我的革命檔案	文史哲	2014.05	(略)

69	胡爾泰現代詩臆說	文史哲	2014.05	5
70	從魯迅文學醫人魂救國魂說起	文史哲	2014.05	6
71	臺灣大學退休人員聯誼會會務通訊(編)	文史哲	2014.06	30
72	60 後詩雜記現代詩集	文史哲	2014.06	3
73	外公和外婆的詩：附三月詩會外公外婆詩	文史哲	2014.07	3
74	中國全民民主統一會北京天津行	文史哲	2014.07	5
75	留住末代書寫的身影：三月詩會詩人往來書簡存集	文史哲	2014.08	5
76	我這輩子幹了什麼好事：我和兩岸圖書館的因緣	文史哲	2014.08	(略)
77	最後一代書寫的身影：陳福成往來殘簡殘存集	文史哲	2014.09	8
78	洪門、青幫與哥老會研究	文史哲	2014.11	10
79	梁又平事件後：用佛法對治一個風暴	文史哲	2014.11	10
80	三世因緣：書畫芳香幾世情（編）	文史哲	2015.01	(略)
81	那些年我們是這樣寫情書的（手稿）	文史哲	2015.01	10
82	那些年我們是這樣談戀愛的（手稿）	文史哲	2015.01	10
83	臺灣大學退休人員聯誼會第九任理事長記實	文史哲	2015.01	8
84	囚徒：陳福成五千行長詩	文史哲	2015.07	5
85	王學忠籲天詩錄	文史哲	2015.08	6
86	一隻菜鳥的學佛初認識	文史哲	2015.09	9
87	海青青的天空（現代詩研究）	文史哲	2015.09	5
88	為播詩種與莊雲惠詩作初探	文史哲	2015.11	6
89	世界洪門歷史文化協會論壇	文史哲	2016.01	4
90	三黨搞統一：共產黨、國民黨、民進黨搞統一分析	文史哲	2016.03	10
91	緣來艱辛非尋常：范揚松仿古體詩研究	文史哲	2016.04	8
92	大兵法家范蠡研究：商聖財神陶朱公傳奇	文史哲	2016.06	8

93	葉莎現代詩欣賞：靈山一朵花的美感	文史哲	2016.08	6
94	典藏斷滅的文明：最後一代書寫身影的告別紀念	文史哲	2016.08	7
95	我與當代中國大學圖書館的因緣	文史哲	2017.04	(略)
96	臺灣大學退休人員聯誼會第十任理事長記實	文史哲	2017.04	8
97	廣西旅遊參訪紀行（著編）	文史哲	2017.10	5
98	中國鄉土詩人金土作品研究	文史哲	2017.12	10
99	暇豫翻翻《揚子江》詩刊	文史哲	2018.02	9
100	我讀上海《海上》詩刊	文史哲	2018.03	9
101	范蠡致富研究與學習	文史哲	2018.06	8
102	光陰簡史：我的圖像回憶錄詩集	文史哲	2018.07	5
103	鄭雅文現代詩的佛法衍繹	文史哲	2018.08	7
104	莫渝現代詩賞析	文史哲	2018.08	8
105	現代田園詩人許其正作品研析	文史哲	2018.08	15
106	林錫嘉現代詩賞析	文史哲	2018.08	10
107	曾美霞現代詩研析	文史哲	2018.08	8
108	劉正偉現代詩賞析	文史哲	2018.08	10
109	陳寧貴現代詩研究	文史哲	2018.08	9
110	陳福成作品述評（編）	文史哲	2018.08	10
111	舉起文化出版的使命：彭正雄兩岸出版交流一甲子	文史哲	2018.08	12
112	光陰考古學：失落的圖像歷史現代詩集	文史哲	2018.08	5
113	我讀北京《黃埔》雜誌的筆記	文史哲	2018.10	9
114	天帝教第二人間使命：上帝加持中國統一的努力	文史哲	2019.03	11
115	觀自在綠蒂詩話：無住生詩的漂泊詩人	文史哲	2019.10	15
116	全統會北京天津廊坊參訪記實	文史哲	2019.11	6

117	中國詩歌墾拓者海青青	文史哲	2020.04	11
118	走過這一世的證據：圖像現代詩集	文史哲	2020.06	5
119	這一世我們同路的證據：圖像現代詩題集	文史哲	2020.06	5
120	感動世界：感動三界的故事詩	文史哲	2020.06	5
121	印加最後的獨白（詩集）	文史哲	2020.06	6
122	《華夏春秋》雜誌合訂本（編）	文史哲	2020.08	35
123	臺大遺境：失落圖像詩題集	文史哲	2020.09	6
124	《中國鄉土詩人金土作品研究》反響集（編）	文史哲	2020.10	9
125	范蠡完勝 36 計（上、下集）	文史哲	2020.11	25
126	夢幻泡影：金剛人生現代詩經	文史哲	2020.10	6
127	我與當代中國大學圖書館的因緣（三）	文史哲	2021.01	(略)
128	這一世我們乘佛法行過神州大地（圖像詩集）	文史哲	2021.03	5
129	地瓜最後的獨白：陳福成長詩集	文史哲	2021.07	
130	甘薯史記：陳福成超時空傳奇長詩劇	文史哲	2021.08	
131	芋頭史記：陳福成科幻歷史傳奇長詩劇	文史哲	2021.08	
132	這一世只做好一件事：為中華民族留下一筆文化公共財	文史哲	2021.09	
133	龍族魂：陳福成籲天錄詩集	文史哲	2021.09	
134	歷史與真相	文史哲	2021.09	
135	蔣毛最後的邂逅：陳福成中方夜譚春秋	文史哲	2021.10	
136	陸官 44 期福心會：這一世黃埔情緣	文史哲		
137	陳福成 70 自編長篇年表	文史哲		
138	中國 21 世紀大戰略：中華民族永續生存與發展	文史哲		

貳、乙種著作（含著、合著）「國防通識」教科書

這部份著作本來是我引為光榮與驕傲的事，就算不拿銀子我也願意奉獻，有機會寫這麼多教科書，讓所有大學、專科、高中、高職的學子們，都來讀你的作品。表示長官欣賞你、信任你，彰顯自己有能力、有信心，提升了人生的價值和意義。

只可惜，我花了很多工夫、時間寫的這些《國防通識》教科書，用沒幾年，就被臺獨偽政權那些妖女魔男「搞」掉了。牠們先把各級學校的軍訓課從「必修」改「選修」，鬼來選修嗎？最終教官滾出校園，軍訓課廢了，辛苦完成的教科書賣給誰？鬼來買嗎？臺獨偽政權早垮，武統臺灣，臺灣人早早得救！

《國防通識》課程原有五大領域：（一）國家安全、（二）中西兵學理論知識、（三）中外戰史研究、（四）國防科技新知、（五）軍事知能。這些知識是現代青年所要培養的基本常識，內容的設計當然按大學、專科、高中、高職區分，深淺不同，才易於吸收。只可惜啊！從大漢奸李登輝開始，拉拔一批臺獨妖女魔男，用「冷水煮青蛙」之計，把臺灣搞成漢奸島，新一代年輕人不知道自己是道

地的中國人，忘了自己是炎黃子孫。可悲啊！悲哀的鬼島！

那些都是歷史了，現在的一切也很快成為過去。我早已放下，只是發發牢騷，留下罵鬼的證據，當成紀念！

陳福成著作（著、合著）（乙種）

編號	書名	出版者	教育部審定
1	國家安全概論（大學校院用）	幼獅	民國 86 年
2	國家安全概述（高中職、專科用）	幼獅	民國 86 年
3	國家安全概論（臺灣大學專用）	臺大	臺大不送審
4	軍事戰史（大學院校用）（註一）	全華	民國 95 年
5	國防通識（第一冊，高一上學期用）（註二）	龍騰	民國 94 年
6	國防通識（第二冊，高一下學期用）	龍騰	民國 94 年
7	國防通識（第三冊，高二上學期用）	龍騰	民國 94 年
8	國防通識（第四冊，高二下學期用）	龍騰	民國 94 年
9	國防通識（第一冊，教師專用）	龍騰	民國 94 年
10	國防通識（第二冊，教師專用）	龍騰	民國 94 年
11	國防通識（第三冊，教師專用）	龍騰	民國 94 年
12	國防通識（第四冊，教師專用）	龍騰	民國 94 年

註　釋

註一　羅慶生、許競任、廖德智、秦昱華、陳福成合著，《軍事戰史》（臺北：全華圖書股份有限公司，二〇〇八年）。

註二　《國防通識》，學生課本四冊，教師專用四冊。由陳福成、李文師、李景素、頊臺民、陳國慶合著，陳福成也負責擔任主編。八冊全由龍騰文化事業股份有限公司出版。

參、丙種著作（合著、編著、中英翻譯與補遺）

《華文現代詩》雖只辦了五年，但這五年間發表作品的作者近千人，應該要有一本各類詩人選集。只是取捨困難，只能以投搞發表量為準，取前三百家，《華文現代詩三百家》於焉誕生，內有詳細統計表。

該書共製作四個統計表：創刊到二十期現代詩創作統計表（A表），有五百九十八位詩人；童詩、青少年詩統計表（B表），有一百五十一位小詩人；臺語、客語詩統計表（C表），有七十九位詩人；盲胞與身障詩人作品（D表），有十三位詩人。另有〈附件〉散文詩四十五家，合計八百八十六家。

《華文現代詩》僅發行到第二十四期，二〇二〇年二月公告停刊。最後四期沒有列入《三百家》，未來可能考慮補齊，劃下一個因緣不足的句點。

《詩中真有味》，是華文現代詩五周年同仁中英詩選，由許其正主編，張紫涵教授（中國民航大學外語院）譯。這本書也是唯一的同仁合集。

《回首千山外：詩人作家創作回憶錄》，由筆者策劃（也是作者之一），台客主編。給詩人作家一個舞臺，說說自己的創作歷程。

《愛河流域：五位中年男子的情詩選》，大人物范揚松詩酒會最早的「取暖者」，後有一人因緣不足轉到《秋水》取暖。物以類聚是《進化論》法則，也是自然法，相信剩下四人：范揚松、吳明興、方飛白和筆者，可以一起「取暖」很久。需要溫暖，是人的精神和心理，乃至性靈的基本需求。

《五個老友的旅遊詩》：物以類聚是生物生存重要法則之一，往昔常登高山，觀察動植物皆如是，人類社會更是。人為「取暖、獲利、安全、需求」等種種原因，必會同屬性者形成小圈圈，這五個詩人哪能脫逃於自然法則之外？

一口新的暖爐誕生，莊雲惠、范揚松、吳明興、方飛白、程國政和筆者，將會經常一起取暖。

陳福成著作（合著、中英譯與補遺）

編號	書　　　　　名	出版者	出版
1	華文現代詩三百家	文史哲	2019.8
2	愛河流域：五位中年男子情詩選	聯合百科	2014.4
3	詩中真有味（中英翻譯詩集）	文史哲	2020.7
4	回首千山外：詩人作家創作回憶錄	文史哲	2015.9
5	五個老友的旅遊詩	文史哲	2021

肆、各年代出版數量統計（只記甲種）

一九九五年：2本，約三十萬字。
一九九六年：1本，約八萬字。
一九九八年：1本，約十五萬字。
二〇〇〇年：1本，約十三萬字。
二〇〇一年：1本，約十萬字。
二〇〇二年：1本，約三萬字（現代詩集）。
二〇〇三年：1本，約十二萬字。
二〇〇四年：2本，約二十四萬字。
二〇〇六年：5本，約一百多萬字（一本現代詩集）。
二〇〇七年：5本，約三十多萬字（一本現代詩集）。
二〇〇八年：3本，約二十萬字（一本傳統詩集）。
二〇〇九年：4本，約二十萬字（兩本詩集）。
二〇一〇年：6本，約五十萬字（一本現代詩集）。

二〇一一年：9本，約八十萬字。

二〇一二年：10本，約一百一十萬字。

二〇一三年：11本，約七十萬字（一本詩集）。

二〇一四年：16本，約百萬字（三本詩集）。

二〇一五年：9本，約六十萬字（詩、畫集各一）。

二〇一六年：6本，約四十萬字。

二〇一七年：4本，約二十五萬字。

二〇一八年：15本，約一百二十萬字（一本詩集）。

二〇一九年：3本，約三十多萬字。

二〇二〇年：10本，約一百萬字（六本詩集）。

二〇二一年：12本，約八十萬字。

本章是從「量」上統計，自己到底寫了多少東西！朋友常問起寫這麼多，我答：「質不如人，以量取勝。」這是客氣話、笑話，實際上「質」也難說，尤其不能自己說。只能看別人說，筆者在文壇詩界混了半世紀，總有些小小成績。

有三本別人評筆者作品的彙編集（甲種），《與君賞玩天地寬：陳福成作品評論集》、《陳福成作品述評》、《中國鄉土詩人金土作品研究反響集》。這三本非我所著，可以看出客觀者對筆者作品「質」如何！

現在回顧歷年努力的成果，光看「量」也佩服自己，二〇一四年竟出版了十六本，百餘萬字；二〇一八年出版十五本，約一百二十萬字；二〇一二和二〇二〇年，各出版十本，共約二百多萬字；二〇一三年出版十一本，七十多萬字。平均各年代，每年約出版五本以上。

每個人都有「一輩子」，不論長短，你這輩子做「好」幾件事？又怎樣才叫「做好」？賺很多錢？當了高官？有好幾個女人？人生怎樣定義「好」？或怎樣定義「做好一件事」？都沒個準頭，只能說自己高興就好。

第三章　書去了哪裡（一）祖國三百大城圖書館

「書去了哪裡？」當然是回歸市場，任由各書店買賣，這是十多年前我的想法，也是多數作家的想法。出了書就是要賣，不然出了幹什麼？但漸漸的，環境變了！人的想法變了！紙本書變的沒有市場。

「紙本書沒有市場」，因素很複雜，有時代潮流，有人的習慣改變，更有「人禍」造成。臺灣社會從大漢奸李登輝開始「去中國化」，三十年來臺獨妖女魔男不斷「溫水煮青蛙」，導致現在年輕一代只會搞同婚獸行，而不看「中國書」。舉凡與中國文化有關的文、史、哲、詩等著作，都成了「去中國化」的對象，筆者所有著作大約都在中華文化範圍內，也都失去了市場。

出版一本書只能賣出個位數本數，是沒有意義的，大約十年前我苦思解決辦法。因為積極出版著作已成我的人生目標，更是「打發」漫長退休時間唯一的途徑（第5章詳述）。二〇一〇年或〇九年時，我突然「頓悟」，覺得要把這輩子所有珍貴的「寶物」，全都化成一本本書，典藏在兩岸各大圖書館，可以保存最久，最有機會給每一代的炎黃子孫看到。

年輕時我有些蒐集興趣，照片、文章手稿、文件、個人檔案、文人往來書信、感謝函件或卡片、數百封情書（妻寄我、我寄妻）等，堆積了幾個書櫃。可以肯定的說，老夫兩腿一蹬，去了西國，這些一輩子蒐集的寶物，全都去了焚化爐，當垃圾燒個精光。也只有一個「完美」的解決辦法，全都化成一本本書，送到圖書館典藏，原件整理好也送圖書館，這類出版的書至少二十多本。

書都去了圖書館，本章先列出吾國大陸地區各省主要城市的圖書館，有三百多個。為方便檢視，以省為單位陳列如後。

浙江省：8個圖書館

湖州市圖書館　嘉興市圖書館
杭州市圖書館　餘姚市圖書館
寧波市圖書館　蘭溪市圖書館
浙江省圖書館　溫州市圖書館

江西省：11個圖書館

江西省圖書館
上饒市圖書館
新餘市圖書館
贛州市圖書館
鷹潭市圖書館
萍鄉市圖書館
景德鎮市圖書館
撫洲市圖書館
吉安市圖書館
南昌市圖書館
宜春市圖書館

湖南省：18個圖書館

嶽陽市圖書館
湘潭市圖書館
婁底市圖書館
常德市圖書館
長沙市圖書館
冷水江市圖書館
洪江市圖書館
郴州市圖書館
衡陽市圖書館
益陽市圖書館
湘西州吉首市圖書館
湖南省圖書館
張家界市永定區圖書館
株州市圖書館
醴陵市圖書館
永州市圖書館
邵陽市圖書館
冷水灘市圖書館

湖北省：13個圖書館

孝感市圖書館
黃石圖書館
丹江口市圖書館
荊門市圖書館
鄂州市圖書館
咸寧市圖書館
隨州市圖書館
武漢圖書館
湖北省圖書館
襄樊市圖書館
宜昌市圖書館
十堰市圖書館
老河口市圖書館

福建省：11個圖書館

泉州市圖書館
邵武市圖書館
福州市圖書館
廈門市圖書館
三明市圖書館
龍岩市圖書館
漳州市圖書館
南平市圖書館
平潭縣圖書館
永安市圖書館
莆田市圖書館

安徽省：18個圖書館

黃山市圖書館
桐城市圖書館

滁州市圖書館
淮北市圖書館
屯溪市圖書館
合肥市圖書館
馬鞍山市圖書館
宿州市圖書館
六安市圖書館
宣城市圖書館
蕪湖縣圖書館
淮南市圖書館
阜陽市圖書館
安慶市圖書館
銅陵市圖書館
蚌埠市圖書館
巢湖市圖書館
安徽省圖書館

江蘇省：14個圖書館

泰州市圖書館
南通市圖書館
蘇州市圖書館
揚州市圖書館
常州圖書館
上海市圖書館
鹽城市圖書館
鎮江市圖書館
常熟市圖書館
徐州圖書館
南京市圖書館
無錫市圖書館
連雲港市圖書館
淮安市圖書館

四川省：19個圖書館

德陽市圖書館
成都市圖書館
內江市圖書館
達州市圖書館
遂寧市圖書館
四川省圖書館
廣元市圖書館
西昌市圖書館
梅山市圖書館
資陽市圖書館
萬州圖書館
雅安市圖書館
自貢市圖書館
南充市圖書館
樂山市圖書館
宜賓市圖書館
綿陽市圖書館
瀘州市圖書館
巴中市圖書館

貴州省：7個圖書館

遵義市圖書館
安順市圖書館
凱里市圖書館
都勻市圖書館
貴陽市圖書館
銅仁市圖書館
六盤水市圖書館

雲南省：10個圖書館

昭通市圖書館　大理市圖書館
保山市圖書館　楚雄市圖書館
開遠市圖書館　東川市圖書館
曲靖市圖書館　昆明市圖書館
個舊市圖書館　玉溪市紅塔區圖書館

河北省：13個圖書館

天津市圖書館　滄州市圖書館
邯鄲市圖書館　石家莊市圖書館
廊坊市圖書館　保定市圖書館
泊頭市圖書館　邢臺市圖書館
承德市圖書館　張家口市圖書館
河北省圖書館　秦皇島市圖書館
唐山市圖書館

河南省：17個圖書館

開封市圖書館　鄭州市金水區圖書館
許昌市圖書館　三門峽市圖書館

漯河市圖書館
河南省圖書館
商丘市圖書館
信陽市圖書館
焦作市圖書館
鶴壁市圖書館
濮陽市圖書館
南陽市圖書館
洛陽市圖書館
平頂山市圖書館
駐馬店市圖書館
新鄉市圖書館
安陽市圖書館

山東省：20個圖書館

德州市圖書館
威海市圖書館
濰坊市圖書館
濱州市圖書館
濟南市圖書館
臨清市圖書館
萊蕪市圖書館
菏澤市圖書館
青島市圖書館
東營市圖書館
淄博市圖書館
泰安市圖書館
煙臺市圖書館
聊城市圖書館
新泰市圖書館
日照市圖書館
棗莊市圖書館
濟寧市圖書館

臨沂市圖書館
山東省圖書館

山西省：12個圖書館

長治市圖書館
運城圖書館
太原市圖書館
臨汾市圖書館
大同市圖書館
榆次圖書館
侯馬市圖書館
忻州市圖書館
晉中市圖書館
晉城圖書館
陽泉市圖書館
朔州市圖書館

陝西省：7個圖書館

銅川市圖書館
西安市圖書館
延安市圖書館
咸陽市圖書館
寶雞市圖書館
安康市圖書館
渭南市圖書館

內蒙古：7個圖書館

包頭市圖書館
通遼圖書館
內蒙古圖書館
巴彥淖爾市臨河區圖書館
滿州里市圖書館
紮蘭屯市圖書館

烏海市圖書館

甘肅省：14個圖書館

平涼市圖書館
武威市圖書館
天水市圖書館
蘭州市圖書館
酒泉市圖書館
西定區圖書館
慶陽市圖書館
白銀市圖書館
張掖市圖書館
嘉峪關市圖書館
金昌市圖書館
玉門市圖書館
慶陽市西峰區圖書館
隴南市武都區圖書館

寧夏、遼寧省：20個圖書館

銀川市圖書館
瀋陽市圖書館
鞍山市圖書館
吳忠市圖書館
撫順市圖書館
本溪市圖書館
大連市圖書館
鐵嶺市圖書館
朝陽市圖書館
盤錦市圖書館
阜新市圖書館
遼陽市圖書館
錦州市圖書館
葫蘆島市圖書館

丹東市圖書館　海城市圖書館
營口市圖書館　瓦房店市圖書館
石嘴山市圖書館　青銅峽市圖書館

黑龍江省：14個圖書館

鶴崗市圖書館　綏化市林北區圖書館
安達市圖書館　哈爾濱市圖書館
雞西市圖書館　綏芬河市圖書館
佳木斯市圖書館　雙鴨山市圖書館
七臺河市圖書館　齊齊哈爾市圖書館
黑河市圖書館　大慶市圖書館
北安市圖書館　伊春市圖書館

吉林省：10個圖書館

吉木省圖書館　長春圖書館
圖們市圖書館　梅河口市圖書館
白山市圖書館　白城市圖書館
吉林市圖書館　公主嶺市圖書館
遼源市圖書館　通化市圖書館

廣東省：34個圖書館

羅定市圖書館
高要市圖書館
惠州市圖書館
中山市圖書館
茂名市圖書館
深圳市圖書館
廉江市圖書館
吳川市圖書館
樂昌市圖書館
潮州市圖書館
韶關市圖書館
陽江市圖書館
佛山市圖書館
河源市圖書館
揭陽市圖書館
恩平市圖書館
肇慶市圖書館
四會市圖書館
清遠市圖書館
東莞市圖書館
化州市圖書館
湛江市圖書館
汕尾市圖書館
珠海市圖書館
廣州番禺圖書館
梅州市梅縣區圖書館
梅州市劍英圖書館
陽春市圖書館
云浮市圖書館
江門市五邑圖書館
普寧市圖書館
河源市源城區圖書館

臺山市圖書館　開平市圖書館

港澳地區：11個圖書館

沙田公共圖書館　尖沙嘴圖書館
九龍公共圖書館　香港大學圖書館
香港中央圖書館　香港中文大學圖書館
油麻地圖書館　花園街圖書館
大會堂圖書館　澳門公共圖書館
上水公共圖書館

新疆省：2個圖書館

哈密市圖書館　烏魯木齊市圖書館

海南省：3個圖書館

儋州市圖書館　三沙市海口圖書館
海南省圖書館

第四章 書去了哪裡（二）兩岸大學圖書館及其他

壹、大陸地區大學圖書館

鄭州大學圖書館　鄭州輕工業學院圖書館
河北師範大學圖書館　河南大學圖書館
上海大學圖書館　廈門大學圖書館
閩南師範大學圖書館　華僑大學圖書館（福建）
福州大學圖書館　成都中醫藥大學圖書館
西華師範大學圖書館（四川）
西南交通大學圖書館（四川）

安徽大學圖書館

湖南師範大學圖書館

西北工業大學圖書館（陝西）

北京大學圖書館

北京師範大學圖書館

清華大學圖書館（北京）

中國人民公安大學圖書館（北京）

中國政法大學圖書館（北京）

中央民族大學圖書館（北京）

九江學院圖書館

山西農業大學圖書館

山西大學圖書館

青海師範大學圖書館

海南大學圖書館

新疆大學圖書館

復旦大學圖書館

浙江師範大學圖書館

貴州大學圖書館

內蒙古大學圖書館

蘭州大學圖書館

吉林農業大學圖書館

山東大學圖書館

山東科技大學圖書館

南京大學圖書館

西南大學圖書館（重慶）

廣西民族大學圖書館

東北財經大學圖書館（遼寧）

附記：以上大陸地區三十九個大學圖書館，多年市寄過數百批贈書，這些大學圖書館也寄回很多感謝函（卡）。筆者將這些函與卡，又編輯成書出版，當成紀念，可詳見《我這輩子幹了什麼好事：我和兩岸圖書館的因緣》、《我與當代中國大學圖書館的因緣》、《我與當代中國大學圖書館的因緣（三）》三冊。

河北大學圖書館　燕山大學圖書館
浙江大學圖書館　中國人民大學圖書館
寧波大學圖書館　瀋陽師範大學圖書館
南昌大學圖書館　四川大學圖書館
南開大學圖書館　四川師範大學圖書館
寧夏大學圖書館　上海師範大學圖書館
煙臺大學圖書館　湘潭大學圖書館
延邊大學圖書館　佳木斯大學圖書館
東北大學圖書館　齊齊哈爾大學圖書館

貳、臺灣地區大學圖書館

臺灣大學圖書館
政治大學圖書館
臺灣師範大學圖書館
世新大學圖書館
銘傳大學圖書館
實踐大學圖書館
淡江大學圖書館
清華大學圖書館
高雄大學圖書館
國防大學圖書館
元智大學圖書館
中原大學圖書館
中央大學圖書館
屏東大學圖書館
陽明大學圖書館
東吳大學圖書館
文化大學圖書館
臺北教育大學圖書館
新竹教育大學圖書館
景文科技大學圖書館
逢甲大學圖書館
交通大學圖書館
陸軍專科學校圖書館
中央警察大學圖書館
長庚大學圖書館
高雄師範大學圖書館
暨南國際大學圖書館
東華大學圖書館

亞洲大學圖書館　嶺東科技大學圖書館
中興大學圖書館　臺中科技大學圖書館
大葉大學圖書館　弘光科技大學圖書館
中正大學圖書館　彰化師範大學圖書館
嘉義大學圖書館　南華大學圖書館
真理大學圖書館　臺東大學圖書館
成功大學圖書館　臺南應用科技大學圖書館
臺南大學圖書館　南臺科技大學圖書館
陸軍官校圖書館　蘭陽技術學院圖書館
空軍官校圖書館　文藻外語學院圖書館
海軍官校圖書館　義守大學圖書館

附記：臺灣地區大學數量應是全球第一。上列五十個大學，多年來寄了許多批贈書給這些大學，他們的圖書館寄回很多謝函（卡）。筆者將這些寶貝文件再編成書出版，當成紀念。可詳見《我這輩子幹了什麼好事：我和兩岸圖書館的因緣》、《我與當代中國大學圖書館的因緣》、《我與當代中國大學圖書館的因緣（三）》三冊。

臺北大學圖書館
宜蘭大學圖書館
臺灣海洋大學圖書館
國防醫學院圖書館
體育大學圖書館
臺北科技大學圖書館
聯合大學圖書館
臺中教育大學圖書館
臺灣戲曲學院圖書館
虎尾科技大學圖書館
臺灣體育學院圖書館
靜宜大學圖書館
中山大學圖書館
金門大學圖書館
屏東科技大學圖書館
明道大學圖書館
南開科技大學圖書館

臺灣藝術大學圖書館
臺北藝術大學圖書館
臺北市立教育大學圖書館
臺北市立體育學院圖書館
臺灣科技大學圖書館
臺北護理健康大學圖書館
臺北商業技術學院圖書館
臺灣警察專科學校圖書館
雲林科技大學圖書館
勤益科技大學圖書館
中山醫學大學圖書館
臺中護理專科學校圖書館
中國醫藥大學圖書館
高雄海洋科技大學圖書館
空軍航空技術學院圖書館
高雄市立空中大學圖書館
南亞技術學院圖書館

大華技術學院圖書館　臺灣觀光學院圖書館

參、臺北市立圖書館和分館

總館和數十分館都有贈書，按各行政區如下：

北投區：稻香、北投、石牌、清江、吉利分館。

士林區：天母、士林、葫蘆堵分館。

內湖區：內湖、西湖、東湖分館。

文山區：景美、木柵、永建、萬興、文山、力行、景新分館。

中山區：大直、中山、長安分館。

松山區：民生、三民、松山、啟明、中崙分館。

中正區：城中分館、貫英先生紀念圖書館、西門智慧圖書館。

南港區：舊莊、南港分館。

大同區：大同、延平、建成分館。

萬華區：西園、東園、萬華分館。

大安區：總館，大安、道藩分館。

信義區：永春、三興、六合分館

肆、天帝教海內外各道場

我對「天帝教」的研究，一部分居於好奇，一部分緣於這個教派的宗旨。天帝教是臺灣地區新興宗教之一，創教人是李玉階（涵靜老人），他是電影大導演李行的父親，這個宗教不同於世上所有的宗教。天帝教的教義（宗旨或使命），可以用「復興中華文化」和「促成中國統一」兩個內涵概括之。當然，完成使命的力量，不是政黨或飛機大砲，而是「向上帝祈禱」，以上帝的力量完成使命，這上帝是誰？

為此，我有兩本研究天帝教的專書，《天帝教的中華文化意涵》、《天帝教第二人間使命：上帝加持中國統一的努力》。這兩本書也贈天帝教海內外近百道場：

新北市：新北初院、天溪堂、臺北市掌院。

臺北市：天心堂、天人堂。

基隆：基隆初院。

桃園：桃園初院、天鎮堂、

新竹：新竹初院、天湖堂、關西天人親和所。

苗栗：天蘭堂、天祿堂、苗栗初院。

臺中：臺灣省掌院、臺中初院、天甲堂、天安堂、天行堂。

彰化：彰化初院（天真堂）、天祥堂、天鄉堂、天根堂、天錫堂。

南投：南投初院、天南堂、天集堂。

雲林：雲林初院、天立堂。

嘉義：嘉義初院。

臺南：新營初院、臺南初院、天門堂。

高雄：高雄市掌院、小港天人親和所、鳳山初院、天化堂。

屏東：屏東初院、天然堂。

花蓮：花蓮港掌院、天福堂。

宜蘭：宜蘭初院、天森堂。

臺東：臺東初院、天震堂。

澎湖：澎湖初院。

日本國：日本國主院、東京都掌院、葛飾區初院、千葉縣初院、大宮市初院、宮崎縣初院。

美國：洛杉磯掌院、西雅圖初院、天實堂籌備處。

加拿大：溫哥華初院。

天帝教重要組織、機構：中華民國紅心字會（臺北市）、臺中辦事處（北屯）、中華天帝教總會（新北市）、極忠文教基金會（新北市）、中華民國宗教哲學研究社（新北市）、鐳力阿道場（南投）、天極行宮（臺中）、天安太和道場（苗栗）、北區新境界（新北市）、中區新境界（臺中）、南區新境界（臺南）、傳播出版委員會（南投）、臺中辦公室（北屯）、中華民國主院（臺中）、金門初院、紅心志工團（臺中）。

臺灣地區二十一縣市和外島地區圖書館，都曾寄贈。另，筆者多年來仍養成手寫習慣，主要動機是可以保存一份「手稿」，很多人可能並未意識到，現在可以提筆寫字的人，是用筆寫稿的「最後一代」，未來的世代沒有人會提筆寫字了。所以，現在兩岸有少數圖書館在收藏這一代作家詩人的手稿，這是一種珍貴的文化財產，值得典藏給「以後的人類」。

筆者有百餘冊手稿，臺北的中央圖書館典藏約三十冊，臺大總圖書館「臺大人文庫」亦典藏二十多冊。大陸收藏手稿的大學圖書館，我已知有廈門大學、北京師大、河南大學、山東大學，均寄贈若干手稿。

《大兵法家范蠡》和《范蠡致富研究與學習》二書手稿，由於特殊因緣關係，寄贈「中國宜興陶瓷博物館」。因為范蠡也是陶瓷業的祖師爺。

在臺北的《文訊》雜誌，在社長封德屏領導努力下，每年為作家詩人做很多事，《文訊》也收藏手稿。《為播詩種與莊雲惠詩作初探》、《葉莎現代詩欣賞》、《鄭雅文現代詩的佛法衍繹》、《莫渝現代詩賞析》、《現代田園詩人許其正作品研析》、《林錫嘉現代詩賞析》、《曾美霞現代詩研析》、《劉正偉現代詩賞析》、《陳寧貴現代詩研究》、《陳福成作品述評》、《舉起文化出版的使命：彭正雄兩岸出版交流一甲子》、《華文現代詩三百家》、《緣來艱辛非尋常：范揚松仿古體詩研究》。以上十三冊（計至二〇二一年）手稿，均贈《文訊》典藏，筆者仍保留數十冊手稿，未來均一一贈出。

一輩子出版了這麼多的書，送給這麼多圖書館，除前述（3、4章）有記錄的圖書館，其他至少尚有近百因太久資料不全。記憶中，曾透過美國友人張鳳小姐轉贈不少書給哈佛燕京圖書館。一個職業軍人有什麼理由要做「這麼大的事」？有什麼意義？什麼理念？要創造什麼人生價值？還真是一言難盡，說不清楚，講不明白！

第五章 寫作成癮，是什麼？爲什麼？

「執著」到底好還是不好？從現象面來看，執著與堅持、毅力、專心、恒心有很多類似。執著到底，永不改變所堅持的方向，有什麼不好？

我有幾個死黨朋友，年輕時下定決心學好英文，堅持到底，他真的就一輩子靠英文升官，靠英文成家立業，至今不改其志。

也有一個好友，到了中年，突然愛上國標舞。他就一定要去跳舞，不論有多少人反對，碰到多少困難，他仍執著自己的決定，永不動搖，他真的成了舞王。

有執著於打球、打牌，執著於自己的生活型態，喝酒、抽煙、無日無夜的飯局應酬；執著於自己的理念、想法或習慣，沒有好壞對錯，因為每一個人都執著於「活在自己的世界」。這是我活到古稀之年，所看到眾生的「真相」，是真相還是表像？有一首高僧大德常用來開示人的詩這麼說的：

佛國美景絕塵埃，煙霧重重卻又開；
若見人我關係處，一花一葉一如來。

這首詩可以有多重解讀，主要意涵當然是從佛法的角度看世界眾生，同一棵樹上眾多花或葉，每一朵花都不一樣，每一片葉也仍有很多差異，現代科學檢證亦如是，所以我們要尊重所有不同的個體。因為，「一花一世界，一葉一如來」，要分別看待每一個眾生。若能悟到這個境界，就很微妙，不能說，說不出的妙境，吾國大唐時代著名悟道居士龐蘊的詩偈：

一念心清淨，處處蓮花開；
一花一世界，一葉一如來。

當一個人內心達到完全清淨，不執著於任何相（如《金剛經》所說的「無住生心」），便可以從一朵花中看到三千大世界，從一片樹葉看見如來的法身。到了這個境界的清淨心，則「溪聲盡是廣長舌，山色無非清淨身」，這是「佛國美景」。

回到「人國」，人的世界，一花一世界，而更甚花，一人一世界，一個世界是一個宇宙，每個人也都是自成一宇宙。世界與世界之間，只有「蟲洞」可以溝通，蟲洞只是一種假設，理論上有，實際尚未證實存在。這就說明了，人與人溝通很困難，真正「完全溝通」也是不存在的，因為人都執著於「活在自己的世界」，非常執著！

我未見過不執著的人，尤其常碰到那些常勸人「不要執著、放下、隨緣」的人，最是執著、放不下，又不很隨緣，這是「人國」很普遍的現象。也許這就是人間的現實，眾生的「本性」。

大家都在執著，執著於自己的世界。但執著有什麼不好？執著於做好事！如煩惱，要放下世間所有的煩惱，但佛法也說「煩惱即菩提」，煩惱都沒了，如何成就菩提妙法。

若什麼都不執著了，不知在這人世間能成就什麼？這輩子我盡量練習高僧大德說的「不執著、要放下、無住生心」。只執著於寫作，寫作成癮，為什麼？是什麼？就來閒聊其中的一些道理。

壹、寫作成癮，爲什麼？是什麼？

大凡會成癮的東西，如抽煙、喝酒、打嗎啡、抽鴉片，乃至好習慣的養成，如勤勞、早起、讀書、寫作……或壞習慣的養成，懶惰、欺騙、遊手好閒……必與時間和環境有關，長時間接觸某種環境，必養成某種習慣。所謂「出於污泥而不染」，只是少數有悟力的人。

一九六五年（民54）六月，我小學畢業，升讀臺中東勢工職初中部，生活產生大改變。在小學我讀「放牛班」，在我的記憶裡，小四、小五、小六，老師從來不上課，連課本也沒有，每天上午四節課，大約就在老師講《三國演義》、《西遊記》、《封神榜》，或打躲避球、玩遊戲中度過，下午玩過一節課就放學了，放學後也是玩，整個童年的記憶就是一個「玩」字，每天都玩成「泥牛」，給媽媽增加「工作量」。

上了初中，父母叔叔們都說，你現在是「青年」了，不可好玩，要努力讀書，規定每天都要寫日記，美美的日記本已放桌上。天啊！好日子突然結束了，那年代的孩子都聽話，不會造反，儘管心中萬分不情願，還是得照辦，因為你已是「青年」。

所以，我是一九六五年九月，初中第一天就開始寫日記，最初只是記流水事，吃了早餐、上學、老師講的話、放學……寫了一個月後，我有個叔叔叫王淮，他檢查我的功課和日記，他實在「看不下去」了。於是，他教我怎樣寫日記，每日訂一個主標題，一篇日記就是一篇作文，假日找時間給我講《論語》，我的生活全變樣了！幾乎沒得玩！

但久而久之，我好像也就習慣了。就在一九六五年底（好像11或12月），有一篇短文（也是日記體），經叔叔修改後投到校刊，竟然刊登了，心中的高興是奇妙的感覺，好像自己儼然成了「校園作家」，同學都投以羨慕的眼光，領到的稿費是十元。這年我十三歲，從此以後我不斷的寫，不論人在何處！做何職務！有空便寫，凡宇宙內外事想到看到就寫，至今（二〇二一年）仍在寫，這是長時間的習慣，成為「癮」，成為生活的一部分，退休後更成生活的主要部分。

「實踐是檢驗真理唯一的方法」，確實是，寫作是一個檢驗過程，不必多久，就發現以「習慣」解釋寫作行為，很是初淺的。隨著時光磨練，還有價值、意義、修行、因緣、使命感、成就感、快樂泉源……生命的「出口」……說之不盡，超越的習慣，超越了癮頭！

貳、寫作的意義或價值何在？

所謂「意義」或「價值」，乃至擴而大之「人生的意義」或「人生的價值」，如何定義？並非寫學位（學術）論文，就不去界定。由讀者自由心證，但我透過一則古人故事，說明我心中的「意義」和「價值」。

吾國戰國時代四大公子之一的孟嘗君，門下有食客三千人，其中有一個叫馮驩（亦作馮諼）。馮驩本是落魄江湖的人，孟嘗君招攬人才，他來投靠成為食客。

初到食客尚未有表現機會，「待遇」很低，馮驩故意唱歌感嘆：「食無魚啊！」孟嘗君聽他抱怨，命人在他飯中加魚。不久馮驩又唱歌抱怨：「出無車啊！」孟嘗君又為他配馬車，讓他出門有車坐。不久馮驩又抱怨：「無以安家啊！」孟嘗君又每月讓他領「安家費」。馮驩的三嘆，讓他從下等食客升到上等食客。

孟嘗君的封地在薛，封地人民每年要繳納錢糧給孟嘗君，需要一位食客去收租。三千食客聽到要收租，無人敢應聲，只有馮驩表示願意去薛地查帳收租。臨行馮驩問孟嘗君要買什麼回來？孟嘗君隨意說：「你覺得我缺什麼就買什麼回來吧！」

馮驩到了薛地查完帳，向民眾宣布孟嘗君體恤大家辛勞，今年免收稅糧，百姓歡呼不已。馮驩認為孟嘗君不缺錢，不缺珍寶玩物，只缺「義」，所以為孟嘗君「買義」回來。

孟嘗君當然生氣，但忍了下來，已成事實只好接受。不久齊王猜忌孟嘗君，罷了他的相位，他只能回封地，見百姓扶老攜幼來迎接他，他相當感動。孟嘗君這才了解，馮驩為他買的「義」，價值連城。後來馮驩又獻計，讓齊王回心轉意，再度重用孟嘗君，馮驩是三千食客中，最有價值的人。

我要說的意義和價值，就是故事中：（一）誠信、信義；（二）像馮驩這樣的人，他的人生是有意義和價值的。

人生中的意義和價值，無關身份、地位、家世，亦無關事業多大，錢財多少！我同學有當了國防部長，但為「臺獨偽政權」服務，他也只是「偽部長」，有什麼意義？什麼價值？最有意義和價值的人生，往往不是非凡人生，而是可以自在有尊嚴的人生。

我是退休這二十年才積極寫了一百多本書。我的前半生（軍職）並沒有找到人生的意義和價值，四十多歲還不能如孔子所言「不惑」，直到退休後才突然悟出，原來我的人生意義價值就是寫作，寫作就是意義和價值。我的餘生定要有些意義或價值，否則真是白來人間。

參、退休生活的時間安排：再說意義和價值

所謂「人生如白駒過隙」，絕大多數人在三十歲前是無感的，大約到了四十歲開始有長輩過逝。有了這種「親身經驗」，開始有了「人生苦短」的感覺，也只是「感覺」，並非「覺悟」到什麼！

大約快五十歲時，接觸到佛法，聽過大師們講「無常」觀，引到《金色童子

因緣經》的一首詩偈，讓我對人生產生一種奇異的「急迫感」：

寢宿過是夜，壽命隨減少；
猶如少水魚，斯何有其樂。

從此以後，我就以一隻「少水魚」的心態，安排每天的生活，我把每天都當「最後一天」用。我四十八歲退休，心中不斷在思索、研究，也看身邊的朋友同學，大家退休日子都怎麼打發的。有人把退休生活的安排，按好壞區分十一個等級：

特等退休玩相機，到處咔嚓打游擊。
一等退休玩樂器，延年益壽百病去。
二等退休無憂愁，天南地北去旅遊。
三等退休精神好，養魚種菜溜溜鳥。
四等退休好時尚，唱歌跳舞打麻將。
五等退休沒啥事，悶在家裡練習字。
六等退休挺可笑，無病花錢吃補藥。

七等退休也不閒，返聘回去掙點錢。
八等退休最辛苦，甘為兒女當保姆。
九等退休缺錢花，看門打更賺補差。
十等退休心不寬，在家憋出腦血栓。

以上這十一項範圍，幾乎可以包容百分之九十九的退休人員時間安排，必在其中一項或數項之內。不可思議的是，寫作竟不在退休人員的生活規劃中，但我知道，所認識的作家詩人諸老友，如綠蒂、臺客、「三月詩會」朋友圈，都是從年輕寫到老，初老寫到耄耋耆老。

好像軍職和公務員退休的人不寫作（未將寫作列入退休生活的一部分），全都在前面十一項範圍內。吾有一好友，每週至少三十多個活動以上，上午一活動、中午一飯局、下午又一活動、晚餐有飯局、晚上再一活動，他的手機有數百群組，朋友幾千人。我勸他練習寫點東西，他說船過水無痕，這是他的人生，他要的，應該也是長時間在他的環境中形成的習慣，或「癮」！

我退休時也在構思時間的安排，第一個想到的是徹底簡化生活，可謂是「極簡風格」。外面的活動，只保留最好同學、朋友的聚會，文藝界有兩個小圈圈，平均一年約二十個活動（餐敘等），和那位一年有一千多活動的朋友比起來，我夠「極簡」了，我省下很多寶貴光陰。

退休時我也出國一次，去匈牙利等三小國，從此再也不出國觀光，隨團的旅遊只有「浮淺」二字形容，全程都在日夜不停趕路，到一景點照完相就上車。毫無意義和價值，曾參觀一皇宮，導遊介紹拿破崙和情婦某某曾在這裡的浴室洗澡；我心想，關我屁事！到西安看「滑清池」，和我的精神心靈尚有些交流。

都說出國旅遊可以讓人心胸寬廣，但我觀察也不合事實，現代社會朋友交流多，誰的心胸如何？都早已「定型」，不可能因出國回來心胸又寬了多少！不信的人可以自己去觀察。我以為人的心胸（或性格、個性、眼界等），四十歲前已定型，能「長進」的不多，除了極少數很有悟性、很有反省力的人，能長進而與旅遊無關。

肆、寫作：生命重要出口和寄託，乃至信仰

退休後我參訪祖國大陸多次，每次寫成一書。我的所有著作可以簡稱「中國學」（見第六章）。最後去祖國大陸是七年前了，七年來深居簡出，每日運動、散步、寫作，對地球完全失去好奇心，如蘇東坡的一首詩：

盧山煙雨浙江潮，未到千般恨不消；
到得原來無別事，盧山煙雨浙江潮。

朋友問起為何不出遊了？我說：「現在只有外星人來地球才會引我好奇出遊！」一切都平常心看待便是佛法。未曾去看時覺得神奇，看過神秘感消失了，並未改變什麼？金字塔木乃伊未看覺得神秘，見了也不過是大墳墓和死人，與你何干？還花銀子時間去看。實在是一種生命的浪費，意義價值何在？不如到大陸看「殷墟」，和自己血緣因緣還有些關係！

寫作成癮，成為我不旅遊的「生命出口」，旅遊要耗掉很多時間，寫作必須專一專心，只好犧牲旅遊機會。如同犧牲很多「無謂的應酬」，犧牲掉也有一些意義或價值的活動，集中時間、精神、體力、腦力，完成所要的創作。這才是人生的春秋大業吧！或套用心理學術語叫「自我實現」。

寫作是生命重要的「出口」，這是很多作家詩人的同感。因為「一花一世界」，眾生皆孤獨，窮究生命的本質實在是人人「千山獨行」，最後也是一人獨孤「上路」。但有了寫作出口，得以化解生命中的苦難，所以中國文學可以成人生的信仰，有宗教功能，甚至文學取代宗教。西方文學則不能取代宗教，這是東西方文化的不同，文學觀自然也不同，但西方文學也仍是生命重要出口。

文學寫作成為生命唯一的出口，屈原才有〈天問〉等作品，司馬遷才有《史記》傳世，但丁才有《神曲》，安徒生才有《醜小鴨》等不朽名著；而臺灣「孤獨國」國王周夢蝶，才能寫詩「鍊石補天，補心中的遺憾」（詩人余光中語）……無數實例，若無出口，詩人作家不知有多少要去跳太平洋。

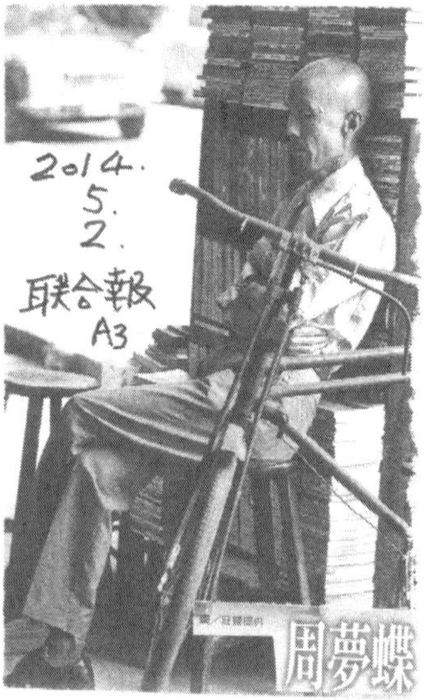

我的人生經歷，一路走來，當然不像屈原、司馬遷、安徒生、周夢蝶等之窘困，但前半生確實在「迷航」（可看《迷航記》一書）。在大海或深山迷航很危險，而人生方向的迷航，是危險加痛苦，只得寄託於文學創作，也因前半生的虛度和荒廢，後半生才要善用時間，加緊寫作，把前半生丟棄的時間儘可能補回來。當然是補不回來，這只是一種心態，埋頭寫作成為癮！

我寫作成癮，至今已出版著作一百五十冊，假如老夫爺同情我，願意給我時間，計畫這輩子寫二百本書，留給中華民族當文化公共財。所以，我會執著於寫作，雖可從習慣、興趣、意義、價值、出口、信仰等角度分析，「使命感」也是重要因素（見第6章）。或許還有其他，如因緣，一切都是有因緣，不會無中生有（政治除外），佛經《緣生論》說，「藉緣生煩惱，藉緣亦生業；藉緣亦生報，無一不有緣。」萬法皆如是。

多年來我早已感受「人生如白駒過隙」，有如一條「少水魚」，每日都可能是「最後一天」。於是，我捨不得去旅行，捨不得到處去玩，就怕浪費了寶貴的光陰，手上的東西沒寫完，萬一看不到明天的太陽，作品未完成……佛經《四十二章經》說了！

> 佛問沙門：人命在幾間？對曰：數日間。佛言：子未知道。復問一沙門：人命在幾間？對曰：飯食間。佛言：子未知道。復問一沙門：人命在幾間？對曰：呼吸間。佛言：善哉！子知道矣！

西方也有一句諺語，「晚上睡覺前，脫下的拖鞋，明早不一定穿得上。」其實年輕時代就知道這些勉人的話，只是人沒有到一定年紀，對光陰流失似乎都無感，等到有感已大把年紀。

等到對光陰「有感」是一回事，如何「善用」時間又是另一回事。百分之九十九的退休人員是抓緊時間「玩」，每天玩的花樣排的滿滿，如前面所舉十一項玩法。我的重點不在那十一項裡，我主要（約六成時間）在讀書、寫作、出版，其他運動、好友相聚等。

第六章　這些書，寫作這麼多書的因緣

一輩子執著於寫作出版，至今大約一百五十多本，還在寫。這輩子若是真有「天命」，也許可以寫二百冊著作，人生這樣就可以了！

這些書沒有什麼高深的學問，只是活在這世上，走過幾十年，我的所見所思所做的記錄，把腦中的東西「文字化」的成果。人生的每個階段所想到的都不一樣，因為主客環境在變，必然引發作家思考某種主題，每個主題都會被我有系統的發展成一本書。

我出版的書很多，但沒有一本是歸我私有，原因是我放棄每一本書的著作權和版權，轉贈為中華民族的公共文化財。這是筆者和文史哲出版社（臺北）董事長彭正雄先生的共同聲明，兩岸中國地區任何出版單位，都可以不經筆者同意，自由印行這些書，廣為流行，擴大影響力。因為筆者和彭正雄先生，一輩子以復興中華文化為己任，為促進兩岸統一，我們從文化出版著手，期許不久的未來中國夢的實現。筆者這些「人生日記」，都不離「中國夢」之範疇！

本章回顧略說這些已出版的書（含著、編、譯、著編）。凡走過都留下痕跡，人生日記太多了，千頭萬緒，包羅萬象，難以精確分類。例如，《決戰閏八月》和《防衛大臺灣》，屬於哪一類？政治、軍事、戰爭、兩岸關係、兵法、戰略，也是統獨問題，不易定位其類別。再者，筆者數十本詩集，數千首詩，有些有豐富的政治意涵，如批判臺獨偽政權、美帝倭國，或頌揚我中華民族等，都難以歸類。以下僅從書的表面主題，權宜回顧往昔這二十多年來，略述所有著編之因緣。

壹、從「決戰閏八月」說起，兩岸關係論述

一九九五年「閏八月危機」，引爆自一九四九年後再一次逃亡潮，都說「大野狼真的來了」。臺灣很多有錢人賣了房子移民國外，身為臺灣大學軍訓教官很自然要關注這個問題，按我的知識判斷，「大野狼」不會來。我經理性研究，當年就出版了兩本書：《決戰閏八月：後鄧時代中共武力犯臺研究》和《防衛大臺灣：臺海安全與三軍大佈局》。當然，事隔二十多年後的二〇二一年，這兩本書已落伍，因為主客環境全變了。

《三黨搞統一：共產黨、國民黨、民進黨搞統一分析》，是我對兩岸的終極

論述，中國歷史分久必合。未來「武統」開始，「和統」結束，是兩岸必然的統一模式，別無他路可走。

由黎明所出版的《解開兩岸10大弔詭》和《大陸政策與兩岸關係》，長期以來這兩本書是國軍院校參考書，有較佳的客觀分析。

貳、報答朋友助緣的方式，爲他寫幾本書

前項《閏八》和《防衛》二書，幾乎列出了當時兩岸三軍所有先進武器裝備做比較，我最先把稿子給黎明出版公司，他們審稿人看了嚇一跳，說會洩漏「國防機密」，不能出版。其實所有資料都有註明來源，軍事雜誌和「國防白皮書」等早已公佈。我有些急，因為這種書有時間性，過了「閏八月」沒人看。

偶然認識大人物管理顧問公司董事長范揚松先生，他也經營出版，我把稿子給他看，他二話不說就幫我出版。這兩本書的出版對我影響很大（見第1章），我是「有恩報恩、有仇報仇」的人。為報答他的助緣，為他寫了三本書：《非常傳銷學》、《嚴謹與浪漫之間：詩俠范揚松》、《緣來艱辛非尋常：范揚松仿古體詩研究》，他也是現代著名詩人。

參、國家安全系列，開啓軍訓教官著作出版先聲

在我出版《決戰閏八月》前，似未有軍訓教官和部隊現役軍人，在民間出版自己的著作；之後，如雨後春筍，不少軍職作家出現了，一種慾望被喚醒。我應教育部之命，為當時大學院校、高中（職），撰寫國防通識課程中之國家安全之部（第2章乙種著、編），有機會讓年輕學子讀我的東西，我視為「人生日記」中燦爛的「亮點」，個人有意義和價值的回憶。

除了為軍訓界寫國家安全，我個人也有三本專書出版：《國家安全與情治機關的弔詭》、《國家安全論壇》。其他有關國家安全的短文論述，不少編入各書。

肆、詩集（現代詩、傳統詩詞），這輩子寫最多的作品

在地球上行走了七十年，所有見聞思索都在上萬首詩中，這輩子寫最多也出版最多就是詩集。每一本詩集都是人生某一階段的「世界」，內外世界的詩寫：《找尋一座山》、《春秋記實》、《性情世界：陳福成情詩集》、《幻夢花

開一江山》、《春秋詩選》、《赤縣行腳・神州心旅》、《八方風雨・性情世界》、《古晟的誕生：陳福成60詩選》、《60後詩雜記現代詩集》、《外公和外婆的詩：附三月詩會外公外婆詩》、《囚徒：陳福成五千行長詩》、《感動世界：感動三界的故事詩集》、《印加最後的獨白》、《地瓜最後的獨白：陳福成長詩集》、《甘薯史記：陳福成超時空傳奇長詩劇》。《芋頭史記：陳福成科幻歷史傳奇長詩劇》

除這十五本詩集外，以下第捌、拾、拾壹、拾貳、拾玖、貳拾、貳陸等項，兩岸詩人的現代詩研究或個人詩作，也有大約三十本，真是這輩子寫最多的文體。

伍、兵學、兵法、戰爭研究，我的老本行

一個職業軍人寫這麼多東西，我尚未見過第二人，對兵學兵法戰爭搞這麼多研究也是空前。有關政治、兩岸關係論著，廣義而言也有相關，狹義的兵學兵法戰爭研究有以下五本：《孫子實戰經驗研究》、《中國歷代戰爭新詮》、《中國四大兵法家新詮：孫子、吳起、孫臏、孔明》、《第四波戰爭開山鼻祖賓拉登》、

《大兵法家范蠡研究：商聖財神陶朱公傳奇》。

第貳肆項「范蠡研究」另有兩本，也和本項有關。我對賓拉登的歷史定位，就是「第四波戰爭開山鼻祖」，他是阿拉伯世界的英雄，我鼓動阿拉的子民持續對邪惡美帝發動三次「九一一」式攻擊，直到美國瓦解滅亡為止，所以寫了這本書。

陸、回憶錄體（自傳或相關檔案）

每個作家、詩人，到了一定年紀通常會寫一本自己的回憶錄（自傳），到了現代我發現不是作家詩人，晚年也會出自傳。屬這種文體，我到目前（二〇二一年）有五本：《五十不惑：一個軍校生的半生塵影》、《迷航記：黃埔情緣暨陸官44期一些閒話》、《我的革命檔案》、《這一世只做好一件事：為中華民族留下一筆文化公共財》、《陳福成70自編年表》。

柒、政治論著與政治思想研究，也是我的本行

我除了三軍大學指參學院，也讀了復興崗政研所，所以政治研究也算老本行，左手抓軍事，右手抓政治，兩足立於文史哲，就寫了這麼一脫拉庫東西。政治研究著作專書有六本：《中國近代黨派發展研究新詮》（碩士論文）、《中國政治思想史新詮》、《找尋理想國：中國式民主政治研究要綱》、《政治學方法論概說》、《西洋政治思想史概說》、《奴婢妾匪到革命家之路：復興廣播電臺謝雪紅訪講錄》。

約有十年時間，我上復興廣播電臺鍾寧小姐主持的「兩岸下午茶．每週一講」，我有多本作品是訪講稿整理出來，包含這本「謝雪紅訪講錄」。我利用機會為她重定歷史定位，她夠格稱「革命家」，比現在這些臺獨爛貨偉大多了！

捌、人生小品、文論（散文、論文、手記雜文等）

人生說長不長，說短不短，說快不快，又覺瞬間，幾十年有很多感想，每個

階段觀點都不同。因為時代、環境都在變，你不可能永遠不變，以下這些書有年輕時代的記錄，也有古稀老人的感嘆寫作。

《頓悟學習》、《春秋正義》、《公主與王子的夢幻》、《古道．秋風．瘦筆》、《男人和女人的情話真話》（一頁一小品）、《從皈依到短期出家》、《臺灣邊陲之美》（詩、散文）、《讀詩稗記：蟾蜍山萬盛草齋文存》、《從魯迅文學醫人魂救國魂說起》、《歷史與真相》（編）。

玖、因緣際會臺灣大學，造反的聖地，頓悟的道場

我人生的職場時間分兩階段，前面十九年在野戰部隊，混的很不好，可以說是渾渾噩噩（讀書寫作除外），可看《五十不惑》和《迷航記》二書。這個人生的黃金十九年，我完全在迷航，如今思之，不可思議！

轉教官到臺灣大學又幹了五年才退休，沒想到臺大是我「鹹魚翻身」的地方，甚至是頓悟的道場，但臺大其實是臺灣的「造反聖地」。我和臺大結了很多良緣，當然和臺大相關作品很多，更以臺大為主題。

《一個軍校生的臺大閒情》（詩、散文）、《臺大逸仙學會：中國統一之大

戰略經營》、《最自在的是彩霞：臺大退休人員聯誼會》、《臺大教官興衰錄》、《臺北公館臺大地區考古導覽》、《臺灣大學退休人員聯誼會會務通訊》（編）、《臺灣大學退休人員聯誼會第九任理事長記實》、《臺灣大學退休人員聯誼會第十任理事長記實》、《臺大遺境：失落圖像詩題集》（四百照片配四百首短詩）。

退休後意外擔任「臺大退聯會理事長」，共兩任四年（二〇一三——二〇一六，第九、十任）。任內也努力做了很多事，整理成兩本書，也是我重要的「人生日記」，我兩任滿後，第十一任由好友俊歌承擔。

拾、祖國大陸參訪、邀訪、旅遊紀行

我一生以「生長在臺灣的中國人」自居，在許多著作都特別標示「生身中國人的難得與光榮」，詩寫神州的作品不知多少。每次去大陸必寫一本當紀念（存查）：《洄游的鮭魚：巴蜀返鄉記》、《在鳳梅人小橋上：山西芮城三人行》、《金秋六人行：鄭州山西之旅》、《中國全民民主統一會北京天津行》、《世界洪門歷史文化論壇：澳門洪門二〇一五年記實》、《這一世我們乘佛法行過神州大地：生身中國人的難得與光榮》。

有三本屬於「夢遊」神州之作，因為我並未與友同去大陸：《赤縣行腳．神州心旅》、《廣西旅遊參訪紀行》（著編）、《全統會北京天津廊坊參訪紀實》。另在《甘薯史記：陳福成超時空傳奇長詩劇》書中，把大陸近百個最佳景點寫入詩裡，這種夢遊心旅之作，我似也得心應手，心想事成，好友們都說神奇！

拾壹、現代大陸作家詩人及其作品研究

現代詩文體是我很早開始摸索的東西，也因為詩創作因緣，認識大陸幾位詩人作家，讀了他們的作品就有了研究的衝動。共出版了六本研究專書：《山西芮城劉焦智《鳳梅人》報研究》、《中國當代平民詩人王學忠研究》、《王學忠籲天詩錄》、《海青青的天空》、《中國鄉土詩人金土作品研究》、《中國詩歌墾拓者海青青》。

說「認識」他們，要說明對「認識」二字有所限制，山西的劉焦智有兩次往訪，回台後寫了《三人行》和《六人行》二書（第拾項）。海青青在洛陽見過一次，王學忠和我一起參加過重慶西南大學的詩學會議，因人多也未見過面，金土也是從未見過面。所以我說認識他們，如同「認識」李白、杜甫一樣的情境。

關於和他們的因緣都寫在那六本書裡，當然主要是他們的作品，從作品可以看到現在中國的縮影。金土在遼寧把我在臺停刊的《華夏春秋》雜誌復刊，我感念他，寫了《中國鄉土詩人金土作品研究》一書，在大陸引起很多迴響，那些回響的文章我編成一書，出版後送大陸很多文友。這些都是我的「人生日記」，難得之因緣。

拾貳、詩社研究：三月詩會及其詩人

詩人通常會組成詩社或詩會，有如搞政治的人組建政黨，可壯大勢力，或至少「大樹底下好乘涼」，最差可以相互取暖，不至於孤立寂寞。

詩人加入詩社是同一道理，我在臺灣這幾十年，前後加入兩個詩社，《葡萄園》和《秋水》，可惜因緣都沒幾年。《三月詩會》是異樣的詩人小圈圈，沒有組織和領導，我是文曉村介紹加入的。居於留住這些老詩人作家身影作品的使命感，我前後出版五本有關三月詩會和詩人的研究專書：《三月詩會研究：春秋大業十八年》、《三月詩會20年紀念別集》、《把腳印典藏在雲端：三月詩會詩人手稿詩》、《留住末代書寫的身影：三月詩會詩人往來書簡存集》、《一信詩學研究：解剖一隻九頭詩鵠》。

我大約二〇一〇年時，每年三月詩會餐敘，至少有十五人盛景。最近（二〇二一年）查看資料，竟已有十人前往「西方國」報到，很驚悚的訊息！

拾參、小說：也是一種生命歷程、意義和價值的論述

美帝詩人小說家愛倫坡作品，是我學生時代的課外讀物，坊間有中文本，翻譯的很差。後來我在金馬外島很無聊，便翻譯投給臺北的《偵探雜誌社》，最後再給文史哲出版《愛倫坡恐怖推理小說經典新選》。

《迷情．奇謀．輪迴》是三十萬字長篇小說，最先分三集出版，第一集《被詛咒的島嶼》、第二集《我的中陰身經歷記》、第三集《進出三界大滅絕》。二〇一一年再出版合訂本，改名《迷情．奇謀．輪迴》，文壇對這本小說也有不少評文，收錄在《與君賞玩天地寬：陳福成作品評論》一書。

拾肆、春秋人物研究、傳記：爲他們再定位

寫作是在不斷找尋主題的過程，而主題不是事就是人，而以「人物」居多。多年來和我有「特殊因緣」的作家詩人，被我書寫研究的恐有上百人，寫成了各類文體作品。以「春秋典型人物」形像，透過傳記體式寫法，有五本著作：《漸凍勇士陳宏傳：他和劉學慧的傳奇故事》、《我所知道的孫大公：黃埔二十八期》、《為中華民族的生存發展進百書疏：孫大公思想主張書函手稿》、《奴婢妾匪到革命家之路：復興廣播電臺謝雪紅訪講錄》、《舉起文化出版的使命：彭正雄兩岸出版交流一甲子》。

由於皈依星雲大師的因緣，認識劉學慧師姊，才知道漸凍人陳宏是她先生，如今他夫婦都已去靈山，就近聽佛陀說法。接觸到這段佛緣，豐富了我的寫作內容，我的人生觀也有很大的轉向。

黃埔二十八期孫大公，是民國五十七年（一九六八）我進陸軍官校預備班十三期的營長，當時我們「差距」太大不會認識。而是四十多年後，偶然因緣認識，而且很投緣，期別相差這麼大，他二十八期，我四十四期，完全沒有阻礙，我為他完成兩本書，他很高興說：「沒有這兩本書就沒有孫大公。」如今，他也移民

西方極樂世界，他的兩本書仍在人間，典藏各大圖書館。

拾伍、喚醒中國人的天命，消滅倭國，是我的天命

「消滅倭人」是我中華民族自元朝以來，所要完成而未完成的使命，可謂是中國人的天命。不幸的是很多中國人都忘了，才險些反被倭國所滅（指甲午之戰及後來的亡華之戰）。幸好中國地大物博人眾，永遠不可能亡族亡種，除非「地球第六次大滅絕」，生物全死光光！

日本想滅亡中國之心永在，所以中國人要先下手滅亡大和民族，這是我已在數十本書中不斷宣傳「中國人的天命」，必須在本世紀中葉前以核武消滅倭國。如斯宣揚，是我今生的天命，至今不改。有兩本書專門談這個問題：《大浩劫後：日本東京都知事石原慎太郎天譴說溯源探解》、《日本問題的終極處理：廿一世紀中國人的天命與扶桑省建設要綱》。

消滅倭種之後，該列島改設「中國扶桑省」，進行大建設。另，筆者認為，未來百年內日本必亡，一者亡於列島沈沒，一者亡於中國之手，若中國武統臺灣，日本干涉必自尋滅亡。

拾陸、地方誌：大家來找尋自己的「根」

我在「公館」住了四十一年，大約十幾年前，突然想到唐山出版社找一本「公館誌」之類的書，遍尋不著，問老闆陳隆昊先生，他說「公館不是行政單位，沒有誌。」我才了解，地方誌都是寫行政單位，如縣、市、鄉。但我想知道「公館」地區的前世今生，便蒐集史料完成《臺北公館地區開發史》，交唐山出版。

之後，又寫了《臺中開發史：兼論龍井陳家移台史略》、《臺北的前世今生：臺北開發的故事》、《臺北公館臺大地區考古導覽》。因為寫這些東西，讓我又發現許多很古老的故事，十多年前我在舅舅家發現「陳家家譜」，才知道我的母系從大陸移民龍井，到筆者才第五代，我把這些文件放到《臺中開發史》附件，是為永久保存，以後沒人管這些東西了。

拾柒、宗教，天帝教以上帝之力完成中國統一

十多年前我到臺中看一老友，一見面他就說：「老哥，我加入天帝教了。」

我漫不經心直接就問：「原來天地會現在變天地教了！總舵主現在是誰啊！」他笑答說：「大哥你就別鬧了！天帝教皇帝的帝，是一個宗教，你沒聽過嗎？」

「天帝教」，我確實聞所未聞，他給我簡介了一下天帝教背景，創教者原來是電影大導演李行的爸爸李玉階老先生。後來我擔任臺大退休人員理事長時，率數十人參訪天帝教在臺中清水的道場（天極行宮），中山真人和中正真人在此坐鎮。

我研究天帝教，純是為了中國統一的使命感，因為該教的人間使命就是以「上帝的力量促成中國統一」。當然，這裡「上帝」不是基督教的上帝，而是我國三千多年前《詩經》中的上帝，即「中國的上帝」。為鼓舞天帝教，也讓更多中國人知道天帝教，我為天帝教前後寫了兩本研究專書：《天帝教的中華文化意涵》、《天帝教第二人間使命：上帝加持中國統一的努力》。

為教育「呆丸郎」，知道自己是中國人，信仰的神也全是中國人、中國神，如媽祖、關聖帝君、三公……乃至土地公。我寫了《中國神譜：中國民間信仰之理論與實務》，大約全中國（含臺灣地區）民間信仰神明，「百大」都提到了，並梳理眾神「家譜」，各種拜拜之實務等，皇皇巨著五百多頁。

拾捌、陳福成文學作品述評（數十年來兩岸文壇對筆者作品評論）

所謂「秀才人情紙一張」，是詩人作家之間的相互酬作，如李白寫詩讚美杜甫，杜甫也頌揚李白作品。到了現代社會，詩人作家也更大眾化，相互寫作評論文章成為流行，或進而舉辦學術發表會，正式提出評述論文。

近二十多年來，筆者有數十部文學作品流通於兩岸文壇詩界，當然也結交不少文友或筆友，有針對我的作品提出評文頗多。這些評文分散各處，須集中整理才易於保存，前後整理出三本交由文史哲出版：《與君賞玩天地寬：陳福成作品評論》、《陳福成作品述評》、《《中國鄉土詩人金土作品研究》反響集》。

文友的評文並非全是讚美，若全是頌揚反而顯得不夠真誠，針對作品提出改進意見，可以讓作者有所反思。這是較佳評文，因為有檢討才有進步。

拾玖、《華文現代詩》八百多作家展演他們的生命之歌

二〇一四年五月，九個詩人文友，彭正雄、鄭雅文、陳寧貴、曾美霞、莫渝、林錫嘉、許其正、劉正偉和筆者，共同成立《華文現代詩》季刊。主要負責（行政、經費）是彭正雄先生，可惜大家的因緣只維持五年，到二〇二〇年二月第二十四期出刊，同時公告停刊。套句老人家常說的「緣淺」吧！

但過程中，我為幫每人寫一篇「點將錄」放詩刊發表，不得不好好研究大家生平與作品等，發現每個人都有很豐富的東西可發揮。決心花兩年時間，每人寫一本成完整的九本研究集：《鄭雅文現代詩的佛法衍繹》、《莫渝現代詩賞析》、《現代田園詩人許其正作品研析》、《林錫嘉現代詩賞析》、《曾美霞現代詩研析》、《劉正偉現代詩賞析》、《陳寧貴現代詩研究》、《陳福成作品述評》、《舉起文化出版的使命：彭正雄兩岸出版交流一甲子》。其中七本是現代詩研究，筆者不能「球員兼裁判」，正好把文友評文整理成一本，彭正雄是傳記體。

《華文現代詩》雖然只維持五年，但在這刊物上發表作品的作家前後有八百

多人，包含許多大咖如：葉莎、子青、碧果、魯蛟、張默、陽荷、涂靜怡等，還有自己詩社的九人，在文壇上都有不錯的地位和評價。

《華文現代詩》較之臺灣地區所有詩刊，有個獨特又鮮明的特點，我們高舉「眾生平等」的大旗，刊物包含了四大類作品：（一）一般成人現代詩；（二）童詩、青少年詩；（三）臺語及各少數民族詩；（四）盲胞、身障詩人作品。

詩刊要結束了，為給這個「舞臺」的作家一個鼓舞（或交待），在停刊前以創刊到二十期的發表率，再著編《華文現代詩三百家》。含前面九本點將錄是「十全大補」，我要特別感恩的是，這十本的出版經費全由彭正雄承擔，他為《華文現代詩》布施時間、體力，花掉的銀子至少二百萬大元，功德無量啊！

貳拾、留下最後一代作家詩人的寫作（書簡）手稿

各界名人手稿（原件）值錢是大家知道的，如蔣介石、毛澤東、胡適等更值大錢。幾年前聽說大書法家王羲之十八字真跡，在香港富比世拍賣出十八億元，等於一個字值一億，不可思議！

現在臺灣地區著名詩人如余光中、張默、周夢蝶等手稿，據聞也能賣出白花

花的銀子，詩刊也保留極少空間刊出手稿詩，都限於極少的大咖。但文壇詩界能意識到「我們是最後一代能拿筆寫字的人」，並積極進行手稿典藏的人，似乎筆者還是兩岸第一人，至今我並未發現做著和我相同事的第二人。

大約十年前，我就驚覺「手寫文明」即將斷滅，我（與我同時代的人）們是「拿筆寫字的最後一代」，手寫文明文化結束了。自從倉頡造字，蒙恬造筆，中國人拿筆寫字幾千年了，未來（我們的下一代）都斷滅。這是一個文明文化的結束，兩岸只有少數圖書館有此驚醒，開始收集典藏「最後一代作家詩人的手稿」。

十年前我開始出版珍貴手稿，書出版後，書和原件一起送圖書典藏，至今（二○二一年）有七本：《把腳印典藏在雲端：三月詩會詩人手稿詩》、《為中華民族生存與發展進百書疏：孫大公思想主張書函手稿》、《留住末代書寫的身影：三月詩會詩人往來書簡存集》、《最後一代書寫的身影：陳福成往來殘簡殘存集》、《那些年我們是這樣談戀愛的》、《那些年我們是這樣寫情書的》、《典藏斷滅的文明：最後一代書寫身影的告別紀念》。

貳壹、我和兩岸五百圖書館的因緣（謝函卡：附錄）

兩岸大約有五到六百個圖書館收到我寄贈的書，但只有一百多圖書館會回一張謝卡（函），有的圖書館很用心，每次寄贈都寄給我謝函（卡）。多年來我收藏上千張兩岸圖書館給我的各種卡片（證書等如附錄），我思，兩腿一蹬，這些我收藏的寶貝一定就去了焚化爐。我不甘，於是整理成三本書，出版當紀念，又回到圖書館：

《我這輩子幹了什麼好事：我和兩岸圖書館的因緣》、《我與當代中國大學圖書館的因緣》、《我與當代中國大學圖書館的因緣（三）》。

我活著，親自處理珍愛的寶貝，讓這些「心愛的寶貝」有個歸宿，我才放心，這是我認定的意義和價值。世上像我這樣的人，應該很稀有吧！

貳貳、傳統會黨：洪門、青幫與哥老會研究

我對傳統會黨的好奇，始於一九八四年（民73）時，整理先父遺物發現他的「洪門證」，原來先父是「中國洪門九龍山聯誼會」成員。封面和內底如附印，規格類似國民黨早期黨證。

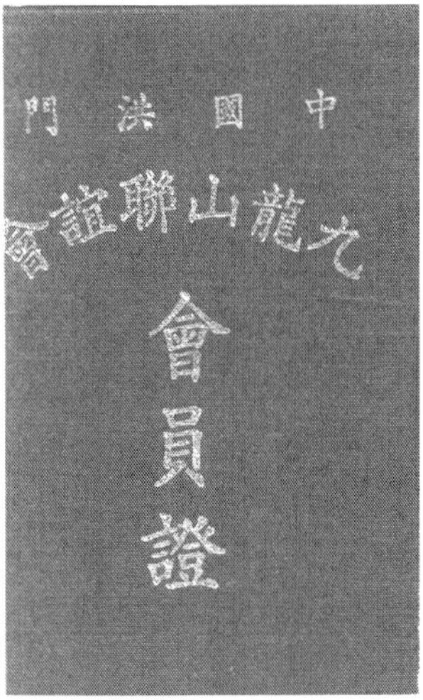

我慢慢了解一些傳統會黨的歷史背景，原來也是一種「政治結社」。一九八六年（民75）我進復興崗政治研究所，碩士論文題目是「中國近代政治結社之研究」，研究範圍從明末到民國以來近四百年的政治團體，有系統的研究了這些會黨。這是出於好奇，當然也是興趣，有助於我發現許多近代史真相。

這本碩士論文後來改名《中國近代黨派發展研究新詮》，由時英出版社出版。後來居於使命，又有兩本著作出版：《洪門青幫與哥老會研究》、《世界洪門歷史文化協會論壇：澳門二○一五記實》。

二○一五年澳門的洪門論壇，我隨中國全民民主統一會會長王化榛先生等一行參加，前後三天兩夜，回來就弄出一本書，大家都讚嘆。其實都不是創作，我的心態只是把那些史料、照片等保存下來，不然開完會鳥獸散，所有資料全丟光光。我相信與會至少幾千人，沒有誰會整理所有資料正式出版，成為圖書館可以典藏的文獻。

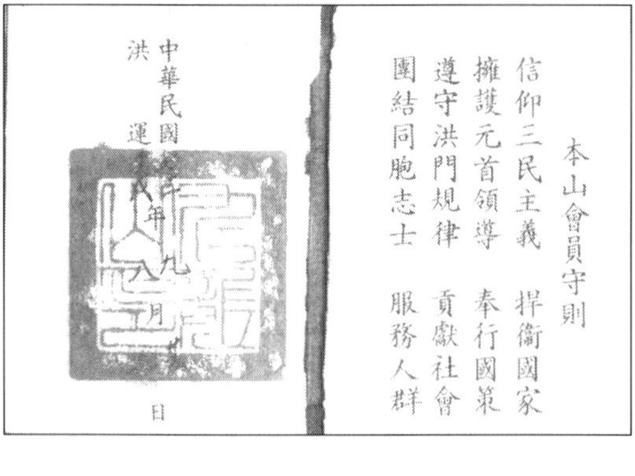

貳參、初淺的佛緣，原來一切都是因緣法

我十六歲就在渾噩狀況下，接受了基督洗禮，跟著人家喊了一陣子「哈利魯呀」。隨著成長，我發現基督教許多黑暗面，一千多年來地球上的戰爭，大多是基督教國家發動，至今仍是。基督教的發展可以簡化成一條規則：不信基督者，殺殺殺殺殺，殺！殺！殺！殺！不信的人可自行去讀一本西洋史、美洲史，不能看白人學者寫的！

所以我最後，到了快是晚年之際，皈依佛教，就在星雲大師座下。當然這之間尚有很多因緣，我終於了解這世間的一切都是因緣法。生活、思想、行為、作品等，也多少涵富佛法，甚至以佛法為主題的著作：《從皈依到短期出家》、《梁又平事件後：用佛法對治一個風暴》、《一隻菜鳥的學佛初認識》、《夢幻泡影：金剛人生現代詩經》（編，四

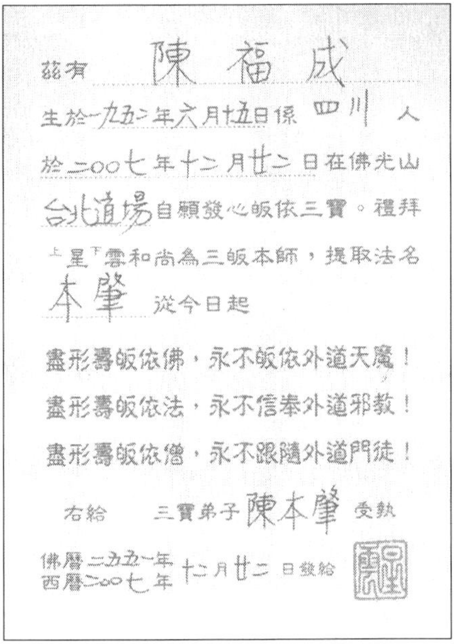
茲有 陳福成
生於一九五二年六月十五日係 四川 人
於二〇〇七年十二月廿二日在佛光山
台北道場自願發心皈依三寶。禮拜
上星下雲和尚為三皈本師，提取法名
本肇 從今日起
盡形壽皈依佛，永不皈依外道天魔！
盡形壽皈依法，永不信奉外道邪教！
盡形壽皈依僧，永不跟隨外道門徒！
右給 三寶弟子陳本肇 受執
佛曆二五五一年
西曆二〇〇七年 十二月廿二 日發給

百照片配詩）、《這一世我們乘佛法行過神州大地：生身中國人的難得與光榮》（編，四百照片配詩）。另外，《漸凍勇士陳宏傳》和小說《奇謀・迷情・輪迴》，也以佛法為主要內涵。

我碰到一些很「可怕」的基督徒，都有三個共同特色：（一）無父無母無祖宗八代；（二）無國家民族，無炎黃、無孔孟，只有亞伯拉罕；（三）敵視其他宗教。我的結論，基督教是西方帝國主義的先鋒隊，不准在中國地區傳教是對的，除非完成「本土化」（即中國化）。

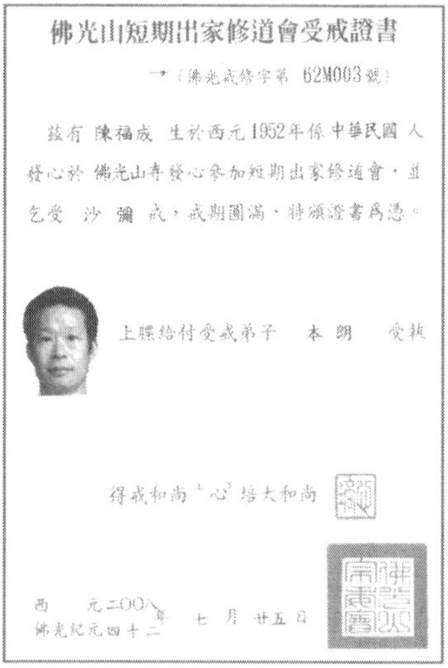
佛光山短期出家修道會受戒證書

（佛光戒修字第 62M003號）

茲有 陳福成 生於西元1952年係中華民國人發心於 佛光山寺發心參加短期出家修道會，並乞受 沙 彌 戒，戒期圓滿，特頒證書為憑。

上牒給付受戒弟子　本朗　受執

得戒和尚　心　培大和尚

西　元二〇〇八年　七　月　廿五　日
佛光紀元四十二

貳肆、范蠡研究：商聖財神陶朱公

我研究范蠡的因緣，始自寫《孫子實戰經驗研究》（二〇〇三年黎明公司出版、中華文化總會學術論文總統獎）。吾國春秋之末，孫子到吳國為吳王效命，主持伐楚大業；不久范蠡和文種奔越，為越王效命，主持「滅吳」大業，終於消滅了吳國。

這段歷史讓我有個疑惑，難道一代兵聖孫子鬥不過范蠡嗎？而范蠡一定也有什麼逆天能耐，或「超神」智慧，能迫吳王自殺而滅吳國！在歷史上，孫子得一「兵聖」大位，范蠡卻有雙聖（商聖、聖臣）。范蠡又被尊為「道商始祖」，他是人或神？

之後我「上窮碧落下黃泉」，找到不少歷史上流傳的零碎文獻資料。整理研究出版了三本研究專書：《大兵法家范蠡研究：商聖財神陶朱公傳奇》、《范蠡致富與學習》、《范蠡完勝三十六計》（上、下集）。

貳伍、給大陸詩刊、雜誌的回應

由於文學詩歌交流的因緣，大陸有幾個詩刊、雜誌、報紙，長期以來都每月按時寄給我。有：江蘇省作家協會出版的《揚子江》詩刊、上海詩人錢國梁等人所主持的《上海海上》詩刊、洛陽詩人音樂人海青青所主持的《牡丹園》和《大中原歌壇》雜誌、山西芮城劉焦智主持的《鳳梅人》報。江蘇綏中詩人金土主持的《華夏春秋》、北京《黃埔》雜誌。

人家長期把東西寄給我，我必須表達我的感恩，這也是「深化」因緣的方法，為他們著書立說是最好的回應。於是，《山西芮城劉焦智《鳳梅人》報研究》，因劉焦智的因緣邀訪兩次，又有兩本出版：《在鳳梅人小橋上：山西芮城三人行》、《金秋六人行：鄭州山西之旅》。兩次山西芮城之行，是此生好友最難忘溫馨的行程。

之後，《暇豫翻翻《揚子江》詩刊》、《我讀上海《海上》詩刊》、《我讀北京《黃埔》雜誌的筆記》、《海青青的天空》、《中國詩歌墾拓者海青青》、《中國鄉土詩人金土作品研究》。

貳陸、典藏五千張照片：讓親情、友情、愛情與歷史照再活五百年

吾有一老友已過古稀，他一輩子收藏很多照片，幾十本相冊視為寶物。有一天，他閒來翻閱引起很多回憶，但想到自己不久兩腿一蹬走了，寶物全被掃往焚化爐，悲從胸出，抱著相冊在房裡痛哭一場……。

我告訴他我處理的方法，但他說：「那要花很多錢。」我回說：「你這年紀了，留錢不用幹啥？留著給兒女打官司嗎？何況你只是花小錢，大錢房產還不是

留給兒女。」老友無言。

我不會抱著相冊痛哭，我會乘健康活著善加處理，好好典藏這輩子收集的五千張珍貴照片，其中有很多一百多年前中國社會情景。我讓親情、友情、愛情和珍貴歷史照片，再活五百年。

在已出版的一百多本書中，約有半數以上書前會放一些照片，多則四五十張，少則十餘張，看書的性質。而以下則是「照片專集」，每頁一照片配一小詩，每本約四百頁（四百張照片配四百首小詩）。有：《光陰簡史：我的圖像回憶錄詩集》（全都親情照）、《光陰考古學：失落圖像歷史現代詩集》、《走過這一世的證據：圖像現代詩集》、《這一世我們同路的證據：圖像現代詩題集》、《夢幻泡影：金剛人生現代詩經》（編）、《臺大遺境：失落圖像詩題集》、《這一世我們乘佛法行過神州大地：生身中國人的難得與光榮》。

貳柒：黃埔的因緣，永恆不忘爲民族復興與中國統一而努力

儘管我入讀陸官官校預備班十三期時，毛都還沒長齊，槍比人高。但隨著成長，雖然我在軍隊那段日子混的不如意，黃埔的因緣還是深值珍惜，因為「黃埔使命」提升了我人生的層次，意義和價值提高了。

所以，後來凡由文史哲出版的書，封面內摺的〈作者簡介〉都有這段文字：「以黃埔人為職志，以生長在臺灣的中國人為榮。創作、寫詩，鑽研「中國學」，以貢獻所能和所學為自我實現途徑，宣提春秋大義為一生志業。」可以說，我所出版的著編作品，除了一本翻譯小說，幾乎全部和這段話意涵有關。

在許多書裡如《幻夢花開一江山》詩集，常寫到黃埔情緣。而黃埔主題性強的書有：《迷航記：黃埔情緣暨陸官四十四期一些閒話》、《我讀北京《黃埔》

雜誌的筆記》、《一個軍校生的台大閒情》、《陸官四十四期福心會：這一世黃埔情緣》。

另，《我所知道的孫大公：黃埔二十八期》、《為中華民族的生存發展進百書疏：孫大公思想主張書函手稿》。還有，二〇一四年北京和天津的黃埔同學會邀訪，回來後出版了《中國全民民主統一會北京天津行》。凡此，都緣自黃埔這段情義，我都珍惜！

貳捌、臺灣地區詩人作家研究

前述《華文現代詩》和《三月詩會》詩人研究，對象也都是臺灣地區詩人。此外，尚有不屬詩社的詩人有七本：《為播詩種與莊雲惠詩作初探》、《一信詩學研究》、《胡爾泰現代詩臆說》、《葉莎現代詩欣賞：靈山一朵花的美感》、《嚴謹與浪漫之間：詩俠范揚松》、《緣來艱辛非尋常：范揚松仿古體詩研究》、《觀自在綠蒂詩話：無住生詩的漂泊詩人》。

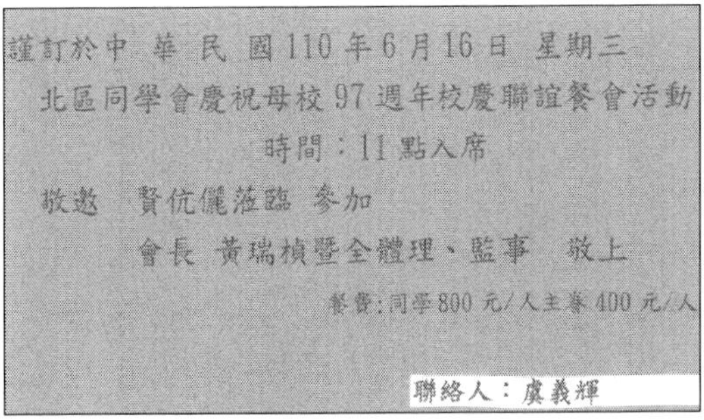
謹訂於中華民國110年6月16日 星期三
北區同學會慶祝母校97週年校慶聯誼餐會活動
時間：11點入席
敬邀 賢伉儷蒞臨參加
會長 黃瑞楨暨全體理、監事 敬上
餐費：同學800元/人主眷400元/人
聯絡人：虞義輝

貳玖、關於《華夏春秋》雜誌，從臺灣陳福成到遼寧金土

我一輩子所受的教育，都是為追求中華民族之復興，完成中國之富強統一，為人生最高之意義和價值。但這個目標沒有機會以「革命軍人」的硬實力完成，只好從作家、詩人或文化人的「軟實力」來追尋，這也是我寫了一百多本「中國學」的動因吧！

二〇〇五年，我已退休幾乎年過半百的人，眼看著我大中國崛起之勢不可擋，中華民族之復興已然可以望見明確的方向和目標。我思索著，就要走向人生的黃昏，還能為中華文化做些什麼？這年十月《中國春秋》創刊號誕生了，雜誌每期印一千五百本，全部寄贈，訂

閱極少。主要寄贈兩岸大學和各公私圖書館，第四期更名《華夏春秋》。

到二〇〇七年元月《華夏春秋》出刊第六期，同時公告無限期停刊。一個私人辦的雜誌停刊，當然不外是錢和人的問題。

之後的三年，大陸有文友尋求復刊均未成功。直到二〇一一年，遼寧綏中縣的鄉土詩人金土（張云圻）復刊成功，這年七月大陸版《華夏春秋》誕生了，先是報紙型，後再改紙本型，至今（二〇二一年）仍在出刊，發行海內外。相信對復興中華文化是有貢獻的，也是一種促成國家統一的軟實力，我甚安慰。為感恩金土先生，我寫大大一本《中國鄉土詩人金土作品研究》。

臺灣版的《華夏春秋》第一到六期，為給所有作者有個溫馨的交待，也為方便兩岸圖書典藏，我再出版《華夏春秋合訂本》（一至六期）。

參拾、其他，凡走過必留下痕跡

《新領導與管理實務：新叢林時代的智慧》、《英文單字研究》、《三世因緣：書畫芳香幾世情》。這三本書要歸入哪一類，都是行走人間的痕跡而已。但《三世》值得一說，這輩子和兩岸很多文人往來，「秀才人情紙一張」，我送人書，人家送我書法和國畫，數量很多，只好編成一本「書畫集」出版，回送人家或圖書館典藏都方便。也等於典藏一份人情，典藏一段因緣，可以長長久久，超過三世！

我這輩子並沒有要寫出什麼「傳世經典」的想法，只是盡體力、盡腦力、盡形壽，把走過的路段留下東西；把腦中裝的東西全部「文字化」，整理出來出版，放圖書館給更多人看到。

人生總得好好過，退休時間這麼多，用在打牌跳舞聊八卦，實在太可惜；玩樂之外，好好寫些東西，人生更有價值和意義！

第七章 生命的「出口」，不同時空出口不同產品

「生命一定會自己找到出口。」這是電影《侏儸紀公園》最後一句道白。這是指生物生命的演化，相信絕大多數生物是如此，放到人類短暫的生命過程，我也發現大家都在找尋「出口」，而且要找到最佳出口。

奧德賽以木馬屠城之計，打完了特洛伊之戰，各路英雄都回家了，只有奧德賽在外漂流十年才回到故鄉。（註一）在外漂泊十年是人生很大的困頓，為什麼要提奧德賽？因為我的軍職前十九年（未到臺大前）就在金、馬和離島也漂泊了近十年。英雄可以用很多淒美的故事當「出口」，我沒有淒美的故事，可以化解困頓的方法很多，有積極或消極的，但我很早發現「詩」是孤寂生活中極佳的寄託，生命最好的出口。

無盡的漂泊，是無盡的孤獨，無盡的寂寞，所能找到的出口就是戰友喝兩杯，

但這種出口不能持久。在渾渾噩噩的日子裡，寫詩讓情緒、思想有了出口，我用吾國明代學者念菴的詩偈形容，並改最後一句：（註二）

急急忙忙苦追求，寒寒暖暖度春秋；
朝朝暮暮營家計，昧昧昏昏白了頭；
是是非非何日了，煩煩腦腦幾時休；
明明白白一條路，出口產品就是詩。

念菴原詩是「明明白白一條路，萬萬千千不肯修」，講的是信仰修行，明明白白鋪好的一條修行之路，萬萬千千的眾生都不肯來好好修行！包含筆者。為什麼？是慧根不足！因緣太淺嗎？無從說起。

而真實的狀況，幾十年來就是「急急忙忙苦追求」，從年輕時代和三個死黨（劉建民、虞義輝、張哲豪），組成「長青」四人幫，目的是要追求財富。幾十年過了，追求財富不成，改追求升官，也真的升了「九品芝麻官」，混到了退休金。這是人生的意義和價值嗎？多數人想必不會同意，需要更好的「出口」，才是人生的意義和價值，對我而言「明明白白一條路，出口產品就是詩」。

生命很複雜，難以「一家之言」詮釋之，生活也是現實的，尤其活在像「臺獨偽政權」這種喪亂之邦。你日子仍要過，「朝朝暮暮營家計，味味昏昏白了頭，是是非非何日了，煩煩惱惱幾時休」。生命也好！生活也罷！只在這樣糾纏，老早住進精神病院，不發瘋也去跳太平洋。好險！我找到一個出口，通向一座「避風港」，躲在裡面寫作，成為作家，寫詩成為詩人，在我的「詩國」，我是「朕」，我訂話語權，我佈天下大局，臺獨偽政權是個屁，亂臣賊子漢奸是個屁！

壹、《找尋一座山》（詩集，二〇〇二年）

這本詩集收錄年輕時代所寫長、中、短詩近百首。部分早期發表在《文藝月刊》、《詩人坊》、《腳印詩刊》、《中華文藝》、《掌門詩刊》、《傳說詩刊》、《自由青年》、《藍星詩刊》、《臺大山訊》、《葡萄園詩刊》，及金、馬一些小報等。

年輕時代的詩，大約二十多到三十多歲，我駐守金馬和各離島所寫的詩最「清純」，越往後的詩就越不清純，這階段的產品都乾乾淨淨。但特別的時代背景總有「特別」的事，從現代看是不可思議，如這首〈小黑的抗議〉：

小黑提出嚴重的抗議
為什麼把我當成第十二類補給品
還排在「八三一」後面
客氣時叫我小黑
心情不好就把我變成一鍋香肉

我再次提出抗議
我才是智者
當夜黑風高的晚上，只有我知道
敵人和同志腳步聲不同
水鬼和酒鬼體味有異
人是靠不住的
斥候這行業我是專家

沒有了我
反共長城早垮了
圍堵政策成敗難料

今日未必是後冷戰 全人類必須修正對我的看法與對待

早年兩岸關係緊張，金馬各離島第一線據點，規定必須養狗，養的數量大約據點兵力的一至二倍左右。養狗的目的有二，其一協助晚上站衛兵，每班衛兵要帶兩隻狗上哨；其二因早年部隊伙食營養不足，也經常補給不上，通常將狗列入「戰備軍糧」，各據點養的狗（土狗）一半食用，一半戰備。因此，官兵稱狗是「第十二類補給品」，軍隊補給品正式分十類，「八三一」是第十一類，狗是第十二類。

民國六十七到六十九年，我任職馬祖高登砲兵連上尉連長，連上有四個七五山砲據點，四個九〇砲據點，加上觀測所和連部共有十個據點，至少養了百餘土狗。再者，大約每隔數月，高登指揮所會有一通電話記錄下來，說「第十一類補給品於某日到某日到本島進行補給，白天補給士官兵，晚上補給軍官。」大家就知道「八三一女人」來了，去解放吧！

幾十年後想起這些詩（事）深感不可思議，但你不能用唐朝法令解釋清朝事件。只是反省和懺悔是必須的，不管第十一類或第十二類，都為那個時代的國軍官兵做出了「犧牲」，為一個時代做出了貢獻！

貳、《春秋記實》（詩集，二〇〇六年）

這個時候，正是「陳水扁偽政權」倒行逆施，置臺灣人民於水深火熱，陳水扁和阿珍與邪惡臺獨魔鬼把臺灣錢搬走，藏於海角之滅亡前際。一個詩人、作家能奈之何？所能做的是效法《春秋》精神，用詩記錄這邪惡偽政權的罪行，留下歷史記錄，所以書名就叫《春秋記實》。

《春秋記實》有近百首中、短詩，都有強烈的批判性。如〈春秋不在〉、〈三一九槍案驗證了什麼？〉、〈二〇〇四年「五二〇」凱達格蘭大道角落一景〉、〈烽火連三月〉。賞讀〈我來寫春秋〉的兩小段：

公元二〇〇四年三月十九日在中國大歷史舞臺上
上演一小齣篡竊大位的老戲劇
情節太粗濫，還是騙走許多人的眼睛
只是一場島嶼上的騙局
竟割了眾生的喉

眾生退化、異化，成為一座妖魔叢林
被割斷的禮義廉恥
噴血染紅天空

眾生人人自危，最不願看到騙子強盜
用搶用竊用偷，掠奪國柄
紛紛湧到凱達格蘭大道、中正紀念堂
要把竊國、篡位者趕下臺
奈何權力在握，變成一隻殺人機器
縱有百萬人
也是群牛吼山
我們只好再回到雨花臺，再立一座篡子碑
我回到書房寫《春秋》
用我董狐之筆作《春秋記實》
……

我痛快的寫，痛快的罵，痛快的詛咒！爽啊！這是詩人的「出口」，也是出氣。把那些臺獨偽政權罪行留在歷史時空，是詩人唯一能做的「精神革命」，大快人心！不亦快哉！

參、《性情世界：陳福成情詩集》（二〇〇七年）

幾乎所有男性詩人都喜歡玩這種遊戲，寫情詩或出版專集；相對而言，女性詩人極少寫情詩。只能說兩性物種的本能或需求不同，男性對情緒（情感或性愛）必須有個「出口」的滿足，需求大於女性很多。

情詩，是詩人心中的愛與秘密，可公開的秘密又無人可以破解，只可猜測，不會引起真正的糾紛。但最好的情詩一定是在真實對象中，從實踐經驗中醞釀而成，如徐志摩的情詩。筆者這本情詩集有數十首長短不一的情詩，也是從真實情境中提煉出來，不比徐志摩差。〈為什麼會是妳〉。

為什麼和妳有約？
在每個夜晚，夜風開始搖曳生姿

妳總是姍姍來遲
遠處，林邊，一個淡然的身影
我知道是妳
睡蓮的芳香是一種約定

妳的溫熱流進我的海洋
海天心雲交融的約會
於焉完成
啊！為什麼會是妳
只能在這裡戲弄人生

恨不得就在這夜裡
緊緊擁抱纏成一株
永恆站立的樹
紅花綠葉同體

《秋水詩刊》一二九期（95、6）

肆、《幻夢花開一江山》（傳統詩詞，二〇〇八年）

記半生以來的生活雜感而以傳統詩詞寫的作品，共收錄約三百首，從童年、少年到成年的種種記錄，野戰部隊到臺灣大學的轉折。這本詩詞集以寫「人」較多，如詠黃埔同學、臺大諸好友、佛光山師兄師姊、兩岸文壇詩界朋友。以下舉記二〇〇七年十二月二十三日臺大退聯會四友皈依星雲大師座下詩四首：

詠我的皈依（筆者自詠）

皈依三寶佛法僧，茫茫人海新人生；
信仰流浪到五六，本肇居士有新程。

詠吳元俊皈依

臺大志工吳元俊，普渡眾生他最行，
服務人生正確觀，本立居士尚風景。

詠關麗蘇皈依

活動組長關麗蘇，退休生活有射鵠；

皈依我佛展新姿，本紀居士生有福。

詠吳信義皈依

校園志工吳信義，中國統一最出力；
臺北道場也常去，本傳居士握天機。

當然也有很多批判臺獨偽政權漢奸走狗，痛批那些作弊篡竊的不法行徑，這是詩人作家最佳「出口」機會。賞讀〈昭君怨．三一九槍擊作弊案〉。

子彈從何而來？李昌鈺拼生意，果真查證據，侯有疑。
全案由誰設計？主謀扁或阿義，讓人民看戲，沒證據。
本是自編導戲，無中生有也易，裡外骯髒劇，翻身難。
是誰出的主意，你祖宗不饒你，春秋大義判，地獄去。

伍、《一個軍校生的臺大閒情》（詩、散文，二〇〇八年）

書的全名是《一個軍校生的臺大閒情：讓我明心見性的道場》。一個地方能讓我成就「明心見性的道場」，可見這裡是我人生旅程的「轉向點」。本書寫臺大生活工作的許多感想，有散文、登山紀行、現代詩、傳統詩詞等，有臺大退聯會理事長沙依仁教授和副校長包宗和的序，有學生會會長李維仁和秘書長郭兆容同學的訪問記錄。

〈臺大登山會三叉向陽嘉明湖紀行〉、〈待月向陽山〉（長詩）、〈雪山盟：隨臺大登山會登雪山紀行〉（長詩）、〈聖山傳奇錄：臺大登山會大霸尖山群峰紀行〉。隨臺大登山會走過一些高山，回來後寫了不少作品，是生命中重要的意義和價值。

收錄本書的傳統詩詞和現代詩，都和臺大有關的人物事趣或風景，為數甚多，不知要列舉哪些。就隨機抄錄三首如下：

詠校長陳維昭博士

醫生校長陳維昭，阿仁阿義親主刀；

我書出版他提序，至今記得校長好。

詠新校長李嗣涔博士

電機校長李嗣涔，特異功能學問深；
科學方法找根據，他的發現真是神。

醉月湖夜景醉吟草

醉月湖色美，晚來情更絕。一夜露水即將逝，依依不捨歸。片雲誰來愛，香波艷麗彩。伊人密語不想回，相約明晚來。

陸、《春秋詩選》（詩集，二〇〇九年）

新舊作品都有，主要收錄較有「春秋大義」和批判臺獨漢奸作品，編成出版留下一些歷史記錄，典藏於兩岸各大圖書館，讓後世中華兒女也認識這些禍害。舉〈全民痛罵「上杜下謝又連莊」吟草稿〉一詩：

小丑人格不容貶，丑角其實很尊嚴；
上杜下謝又連莊，無恥不齒社會癬。

癬疥癲菌似非癌，到處漫延害人癲。
日久必成瘟疫害，孩子學樣無恥姦。

二〇〇七年元月立委選後，全民痛罵指責「上杜下謝又連莊」，指臺獨偽政權的杜正勝、謝志偉和莊國榮三個漢奸，真是臺灣社會的毒害。其害不光禍現代，更禍害下一代，乃至幾代子孫，真是造孽！

柒、《赤縣行腳．神州心旅》（現代、傳統詩、遊紀，二〇〇九年）

輯一〈西湖春曉、黃山導遊〉，輯二〈北京的天空〉，是我親自到現場遊紀，用現代詩寫成的數十首作品。輯三〈神州心靈旅痕〉，詩寫一百個大陸絕美景區，如泰山、長白山天池、青海湖、稻城、黃龍、長城、孔廟孔府孔林、坎兒井、上海、青島、西雙版納……每一景點用一首傳統詩表達。

輯四〈涿鹿神州，為何而戰〉，詩寫吾國五千年來的五十二場關鍵戰役，從「涿鹿之戰」開始，接下武王伐紂牧野之戰……長平會戰……漢匈決戰……倭奴國三次侵華……國共內戰。每一戰役用一首傳統詩表達，共五十二首。

輯五〈天涯海角、道都仙山〉，有兩篇遊紀，海南之旅和江西三清山龍虎山之行。吾國太大，三輩子也走不完，所以全中國的現在和過去都在我的筆下，吾以「心靈旅行」便可得到滿足。但賞讀一首我第一次到北京的感受，〈探索那一顆心〉：

這是第一次到北京
為什麼那一顆心很激動？
為什麼血液流速加快？
鐵定是炎黃中國心的緣故

一下飛機就想親吻土地
聞一聞不一樣的空氣
傾聽那一顆心
從核心發出的聲音
是十四億顆中國心
雄偉的氣魄，崛起的形象

也正是我的熱情

十四億顆心凝昇成一顆復興強盛的心

用我們的雄心壯志

奔向二〇〇八

辦一場三皇五帝以來最壯盛之偉業

二〇〇七年十一月二日晚上，在北京梅地亞飯店內，思索著我們中國人終於要辦奧運了。此刻，電視也正報導「嫦娥一號」奔月新聞，一顆心頓然澎湃起來。啊！祖國，你終於強起來了！中國人，我們現在敢做夢吧！廿一世紀真的是中國人的世紀！

捌、《八方風雨‧性情世界》（現代詩、詩論，二〇一〇年）

在安靜中過日子，寫作、寫詩，建構生命中最好的「出口」，出口的「貨物」越來越多。這本詩集有很多情詩（感情也需要出口），批判臺獨漢奸詩（怨氣也需要出口），詩寫祖國大陸詩（愛自己的民族更需要出口）。賞讀〈沙漠化〉一詩：

不論多大的沙漠
總有些水草或綠洲
可有些人心之沙漠化嚴重
長年沒有一點生機

沙漠化不斷深化
擴及全島
一個個人心、社區、島嶼都成為

一座座沙漠
生命絕機
無解的命題

期待，六千萬年後
沙漠之島又成綠洲森林
演化出不同於人類的新物種

臺獨的漢奸政權，不斷在「去中國化」，又成了貪腐的「洗錢中心」，使整個臺灣社會文化加速「沙漠化」，漸漸成為不適人居之島。一個「貪婪之島」，這是德國媒體的報導，武統吧！救救呆丸郎！

玖、《洄游的鮭魚：巴蜀返鄉記》（詩、遊記、論文，二〇一〇年）

應重慶西南大學新詩所「二〇〇九國際詩學研討會」之邀，前往發表論文並旅遊回來出版的著作。同行者有：雪飛、林芙蓉、李再儀、台客、鍾順文、林于弘、林精一、吳元俊、林靜助和筆者共十人。

本書第一篇算是參訪重慶西南大學、師範大學和重慶大學經過，加一首長詩〈金刀峽傳奇〉。第二篇是近兩萬字論文〈中國新詩的精神重建〉。第三、四篇是成都旅遊記錄，所看景點有：熊貓、伏虎寺、報國寺、峨眉山、川劇、武侯祠和寬窄巷子。第五篇有數十首短詩，賞讀〈鮭魚的鄉愁〉：

住在一個小如魚缸的
孤立荒島
鄉愁滿溢了太平洋
若不找到出口
準會窒息

若不洄游原鄉
飲一口母奶
那鄉愁，鐵定會
氾濫成災

在〈中國新詩的精神重建〉論文，最後我引重慶西南大學校長王小佳的一段話為總結：中國現代詩學和西方現代詩學同為現代詩學，所以它們之間有對話的必要，也有對話的可能。在當今時代，不尋求東西對話與互補，閉門造車是不利於學科發展的。但是我們是中國人，所以必須在借鑒中實現「本土化轉型」。只當「搬運工」永遠是沒有出息的。

確實，西方的東西照搬來中國，都是不行的，詩學如是，其他如政治、經濟都如是。中國社會的所有東西，必須合乎中國國情和民族文化，才能被中國人所接受，在中國社會生根成長壯大。

拾、《三月詩會研究：春秋大業十八年》（詩、文論，二〇一〇年）

一九九三年三月，《三月詩會》創會，這第一代創會者有十一位詩人：林紹梅、田湜、王幻、文曉村、藍雲、邱平、劉菲、張朗、晶晶、謝輝煌、麥穗。到我寫本書時（二〇二一年夏），他們大多去報到了，但他們的小傳和人生大業留在《三月詩會研究》書中。

我加入《三月詩會》是二〇〇八年元月五日，時詩人們在「醉紅小酌」雅聚，到會詩人有：蔡信昌、雪飛、關雲、晶晶、林恭祖、徐世澤、潘皓、傅予、一信、謝輝煌、金筑、麥穗、童佑華、林靜助、許運超和我，共十六人。往後幾年，人越來越少，大約五年前我就沒再參加這個詩會，據聞老一代全走光了。

《三月詩會研究》就是研究創會之後的十八年，這些詩人的人生和作品，數量眾多，僅引列我在書中用為「總序」的林紹梅作品〈三月的思念〉。林紹梅是這個詩會的催生者：

春雨酸化為
鄉愁後
繁花綻放的
都是思念

猛回首
頓覺歲月
竟是殘酷的
關懷
思念在
風中碎了

三月
已是暮春
繁花依然
有一次
留戀的嫵媚

一九九三年三月二十四日於新店市

不得不說，這首詩寫的真好，這才像一首有深度的「現代詩」。據我所知，第一代的三月詩會詩人剩一人在（也不能行動了），人生如白駒過隙，突然間無常面臨，都來不及反應就走了（如太魯閣號），留下一些作品是所有詩人作家的願望吧！

拾壹、《在鳳梅人小橋上：山西芮城三人行》（詩、遊記，二〇一一年）

在二〇一〇年出版了《山西芮城劉焦智《鳳梅人》報研究》後，劉焦智邀我到芮城參訪遊玩。一人去太孤單，我便邀吳信義和吳元俊二位臺大好友同行，這本書就是芮城之行回來後出版的。舉書中一首小詩〈芮城逛大街〉賞閱之：

下午，幾隻悠閒的鴿子
逛芮城大街
任由一顆心隨意飄散

飄成心花朵朵開
街上熙來攘往的
朵朵花兒微笑

迎面而來的
呂洞賓，人民花園
縣政府大樓
鄉親父老
街角打牌下棋的長者
我們容顏共一色
同一個母親

不需翻譯，我抓得住他
他了解我，微笑中
陌生的臉孔瞬間熟稔

拾貳、《金秋六人行：鄭州山西之旅》（著編，詩、遊記，二〇一二年）

芮城三人行後，二〇一一年九月九日到二十日又應劉焦智之邀到山西，人數擴大成六人行（吳信義和夫人李舜玉、台客、吳元俊、江奎章和筆者）。此行前三天由於台客因緣，我們先到鄭州大學應樊洛平教授邀約，她是文學所所長，在鄭州認識的海青青，我後來幫他寫了兩本書：《海青青的天空》和《中國詩歌墾拓者海青青》。

《金秋六人行》有很多人的作品，吾等六人與大陸文友合著。卷一〈台客鄭州山西行〉、卷二〈江奎章金秋神州行〉、卷三〈吳信義神州行〉、卷四〈陳福成的春秋大業〉（詩二十四首）、卷五是大陸文友作品和筆者散文；卷六是書法作品，卷七是大陸詩人作家作品，卷八是劉焦智作品，賞讀〈中秋，在山之西〉小段落：

在永樂宮向眾神祈禱
又在聖壽寺見過諸佛菩薩

然後是智強兄的接風
接著，一陣風向北吹
過中條山
一路覓尋到了平遙古城
這一晚，秦時明月是我們溫柔的地陪
足履夏商周的石階
跫音傳來尹吉甫北伐築城的風聲
雙手輕撫隨唐五代的古牆
在古歷史中睡大頭覺
臥「熙仁泰」的古床
做明清大夢

西周宣王五年（前八二三年），大將尹吉甫北伐時，駐兵於今之平遙古城，先築西、北兩城垣。現在東門尚有「尹吉甫祠」，而「周卿士尹吉甫墓」仍保存完好。我們一行八人於二〇一一年九月十二日晚到平遙古城，進住「熙仁泰」賓館，次日趕往五台山。

拾參、《我們的春秋大業：三月詩會20年別集》（詩、文論，二〇一二年）

《三月詩會》詩人在臺灣地區不算是大咖，甚至有些被邊緣化，他們不想被任何「組織」約束。但有幾位在文壇詩界也有很好的成績，深值為他們立傳，把他們一生的「春秋大業」加以論述。這本書有十九篇文章，論述了謝輝煌、丁潁、金筑、關雲、雪飛、麥穗、台客等人，一生中重要的文學成就。本書第三篇是大家的詩作，賞讀一首筆者小詩〈賀三月詩會二十歲〉：

一年又一年的
跑了
我們追著
第二十個三月跑
再跑
為對我

你
再清算一回

二〇一二年元月七日在真北平雅聚，到有：潘皓、王幻、謝輝煌、麥穗、關雲、狼跋、丁潁、傅予、金筑、林靜助、蔡信昌、童佑華、台客、文林和筆者。其中有八人，如今（二〇二一年夏）已走了！

拾肆、《最自在的是彩霞：臺大退休人員聯誼會（詩、散文，二〇一二年）》

散文是梳理「臺灣大學退休人員聯誼會」（簡稱退聯會）的歷史，也有不少隨退聯會出遊寫的遊記，有的用散文表達，有用詩表達。賞讀〈南庄老街〉：

你古早古早的時候
手挽著情人在這裡尋夢
而今，那夢早已陳舊、歸檔

或硬化成記憶的化石
走進南庄老街
記憶瞬間從化石甦醒
醒來的不是一隻長毛象
是美美的夢
又回到了老家

退聯會成立於民國八十六年，第一、二任理事長是宣家驊將軍，第三任是方祖達教授，第四任楊建澤教授，第五、六任是沙依仁教授，第七、八任是丁一倪教授，第九、十任是陳福成（筆者），第十一任是吳元俊主任，現任是楊華洲先生。

拾伍、《臺灣邊陲之美》（詩、散文、登山紀行，二〇一二年）

在臺北住了四十多年，從未去逛過百貨公司，也沒去過一〇一大樓，神奇吧！

但我行腳走過許多臺灣「邊陲」，玉山、大霸尖、雪山、三叉、向陽、嘉明湖、阿里山、溪頭……這本詩和散文集，收錄數十年來的島之邊陲的行腳作品，擇其自認尚可的編一冊出版。賞讀〈溪頭組曲〉二十多首中之一〈我聽見蕨類和恐龍化石的對話〉一詩：

午夜，沉睡之際
突然醒來想噓噓
窗外夜黑風高，有聲音傳來
是蕨類們得意的聲音：
我們這些柔弱的沈默者
終於熬過苦難
存活下來
且子孫綿衍，族群壯大
恐龍以化石之姿在岩層中
嘆息回話：
我們曾是地球唯一超強

想打誰就打誰
要吃誰就吃誰
無敵不從者
現在死在岩層裡
任人挖掘，供人觀賞

蕨類是溪頭林區最多的植物，它和恐龍同時代生長，唯一超強滅亡了，蕨類看似柔弱卻佈滿地球。由此推論，美帝距離滅亡大概不遠了。

拾陸、《古晟的誕生：陳福成60回顧詩展》（詩集，二〇一三年）

「六十歲了，謝天謝地，感恩父母，感謝佛陀，菩薩加持，感謝所有有緣人。靜靜的，不驚動任何人（媽媽在世說的），一顆心也淨淨的，但至少謐謐的出一本詩集，以示紀念。」這是我在書的序開場白。

新作加舊作，短、中、長共一百多首，賞讀〈設想鳳飛的告別式〉，這首是長詩，只能抄錄部分。相信我這年紀的人，有人仍會懷念她：

走在這條燦爛的路上
突然無預警的被告知
這裡就是終站
她默默承擔，靜靜的接受
悄悄的走了
不把感傷帶給任何人

就要通過炙熱的蟲洞之際
她憶起這不長也不短的人生
整整六十年
活的快樂
過的精彩
算是完成了人生的春秋大業

如今要再度起程

穿梭進入另一個世界
不帶行李，也沒有行頭
為轉世的輕便
火葬場的高溫有助於粹煉
使靈魂昇華

把那層層空殼脫掉
放下一切
連心愛的一頂頂帽子也放下
只帶走一個心願
來不及唱的歌，未辦的演唱會
都在來世獻給你

註釋

註一　「木馬屠城記」很多人以為神話，其實是真實的一場戰爭。特洛伊在今土耳其的東方，屬於東方土地上的殖民文化，而斯巴達是西方的西臘文明。所以特洛伊城之戰，表面上是爭奪美女海倫，實則是人類文明史上第一場東西方文化衝突之戰，發生在西元前十二世紀（約吾國商朝帝乙時代）。荷馬史詩中的「奧德賽」就是優萊賽斯，他是希臘軍中最聰明的人物，木馬奇計攻破特洛伊就是他設計的。他又是「伊薩卡」國王。

註二一　念菴，俗名羅洪先，明代學者、地理製圖學家，晚年出家。江西吉安府（今吉水縣谷村）人，明孝宗宏治十七年（一五〇四年）生，明世宗嘉靖四十三年（一五六四年）圓寂。著有《念菴集》、《冬遊記》等作品傳世。

第八章　以出口爲導向，產品多樣化

不知為何？漸漸的，生活以「出口」為導向，不知道其他人是否也這樣？或者眾生都一定要有個出口。不要出口可以嗎？有朋友每週必須去跳個舞，打個牌，那些出口不適合我「味口」，我的味口就是寫作，出口的產品越來越多樣化。

拾柒、《把腳印典藏在雲端：三月詩會詩人手稿詩》（編著，二〇一四年）

「我們是最後一代能拿筆寫稿的人」，這是我很早便有的警覺。因此，要把「最後一代寫手的身影」留下，典藏在歷史時空，最好的辦法是出版詩人的手稿作品。這本書的手稿詩有：雪飛、王幻、丁潁、潘皓、徐世澤、金筑、麥穗、謝輝煌、晶晶、童佑華、一信、蔡信昌、文林、關雲、台客、狼跋、傅予、俊歌、采言和陳福成（筆者），計二十位詩人。

之後我又出版多本手稿作品（詩、書簡，後述）。我知道我做了該做的事，因為二十個詩人已有近半去報到了，未來沒有他們的手稿，他們最後的手稿在我的書中，典藏在圖書館。這種「虧本」的事，文壇詩界沒有人願意做，大家不做的事，我會做，我來做，這是我的天命。賞閱我的手稿詩，〈人，戰爭〉。

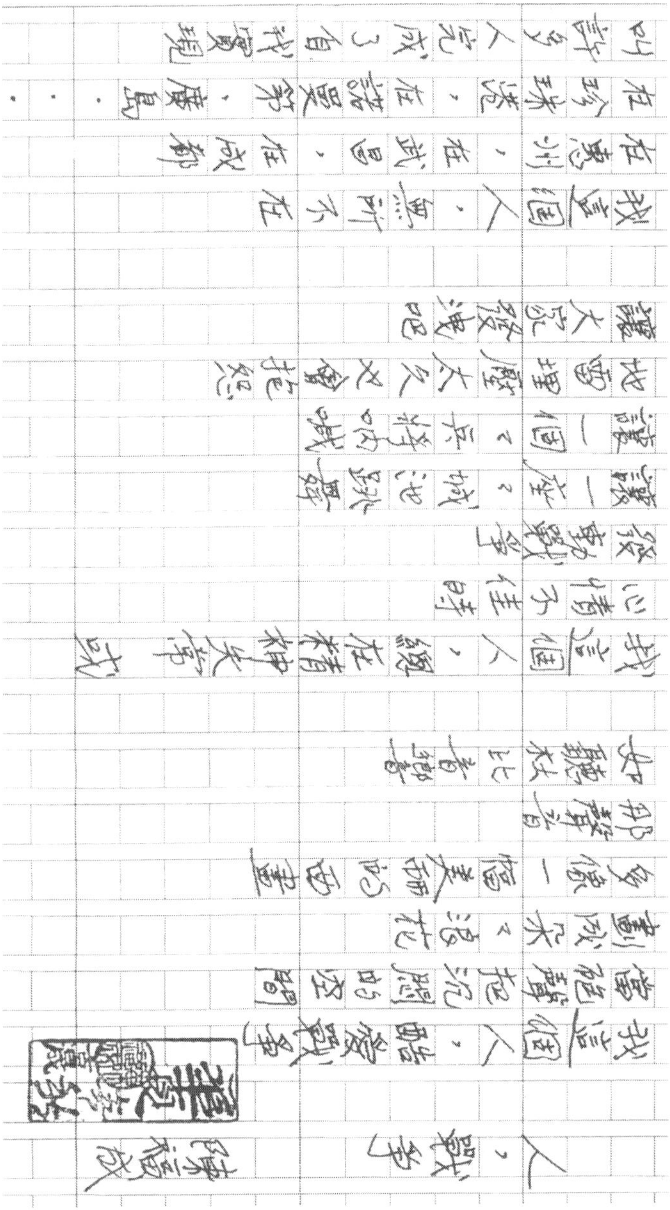
人，戰爭
陳福成
我這個人，酷愛戰爭
當砲聲把沉悶的空間
劃成朵朵浪花
多像一幅美麗的西畫
那聲音
如聽杜比音響
我這個人，總在精神失常或
心情不佳時
發動戰爭
讓一座座城池跳舞
讓一個個兵將吶喊
地雷埋壓太久也會抱怨
讓大家發洩吧
我這個人，無所不在
在惠州，在武昌，在成都
在珍珠港，在諾曼第，廣島．．．
叫許多人完成了自我實現

死的，死的其所，獲得名聲
活的，活的驕傲，升官發財
有我在的地方，就有
輝煌

我這個人，主宰著歷史
從遊牧到農業到工業到後現代
所有的未來
我的足跡串成歷史的方向
從未失誤，亦非妄言
啊！我是超人更是超神
但大多時候，我精神失常
又心情不好
戰爭是我的娛樂
我的治療
使我正常度日

二〇二三年七月七日三月詩會
詩題「戰爭」．陳福成

拾捌、《60後詩雜記現代詩集2012–2013》（詩集，二〇一四年）

每個作家詩人寫作習慣不一樣，有的要煙酒助興，有的要三更半夜，如李白「斗酒詩百篇」。我是生活有定規的人，長期都做息正常，把寫作（詩或其）當成每日的固定功課，有點像「上下班」。每日一坐上書桌，有如到了另一個世界，可以在日記裡天馬行空寫「日記詩」，寫下自己所思所想。

二〇一二、一三年間，我的「日記詩」（詩日記）有幾千首像詩的東東，選出一些較像詩和比較「特別」的作品，編成出版。賞讀〈因為死人，世界才美〉：

我們是有史以來所有的死人
我們與高彩烈開著地下轟趴
慶祝我們對全人類的貢獻
喜歡做人的又去投胎轉世
有的去了西方極樂世界
需要再教育的被送到地獄去苦修

但無論如何
因為有死人，到處死人多
這世界才顯得真善美

我們到了該死的時候就走人
路上才不會滿路百歲千歲萬歲人瑞
糧食才夠吃，房子才夠住
空間才夠用，淨水才夠喝
錢財才夠花
老人年金才永續有得發
社會才有活力
世界才美麗，而最重要的
兒孫才不會太辛苦
政府才不會垮臺

若我們都永遠不要死
政府很快就垮臺

乃至亡黨亡國
又壓死了地球

因此，所有死人一致認為
救國家民族，救世界
捨我等死人誰其能？
所有死人也漸漸有一個看法
世界要沒有戰爭，要永久和平
地球要回復健康青春
現在所有活著的人必須盡快死光光
才是世界完全的真善美

這便是詩人的權利（力），你有權「騙死人不償命」，說「黃河之水天上來」，可以叫想像力無限擴張，自成一個「科幻王國」。你是國王，任意揮灑手上的筆，創造你想要的世界。

拾玖、《中國全民民主統一會北京天津行》（參訪紀行，二〇一四年）

這一本主要內容是全統會會史和參訪實記，其次才是詩。全統會於民國七十九年由滕傑創會，訂下「寧共勿獨」方針，之後陶滌亞將軍接第二任會長，王化榛先生接第三任會長，持續多年，最後由吳信義接會長時，被臺獨偽政權通知「結束」了。

此行有豐富收穫，拜會中國和平統一促進會、國臺辦、北京和天津黃埔同學會，參觀中關村、百度、中國樂谷等，都記錄在本書。賞讀頌詩〈回家，詩頌二〇一四北京天津行〉。

第六天，我們不出國，也不回國

我們回家

……

六天

我們沐浴在中華文化靈山聖水裡

滌淨被各懂顏色沾染許久的塵埃
我們看見祖國大地的偉大建設
將會領導全球創建新文明

我們帶著滿滿祖國的愛和關懷
黃埔同學會的貼心
統促會等各單位的叮嚀願景
全都帶回臺灣，淨灑大地
讓寶島子民開出中華文化的美麗華果
共享二十一世紀屬於中國人的世界
共圓中國夢

貳拾、《外公和外婆的詩》（現代詩集，二〇一四年）

這是遊戲、搞笑詩，也是現代社會寫實而有些反諷的詩。生活太孤寂、無聊，有些情緒要「特製出口」才能疏通，因而產出這些「鹹溼重」的作品。賞讀一首

〈外婆，是一隻神級寵物〉：

在皎潔的月光掩護
夜又加持，妳
溫柔如水
溶化一切
妳是一隻神級寵物
一切雄性生物擋不住妳的誘惑

誘惑，黑洞產物無限吸力
醞釀了無邊春色
妳敞開自己成一片大地
他進出黑洞
深耕眼前溫潤的沃野
共享愛和陽光

啊！外婆，妳的天命

在救贖一個男人
完成兩人的自我實現

西方資本主義式民主政治制度，走到盡頭（快到了），會出現五種現象：（一）民粹主義、（二）個人私利主義、（三）加速生物滅絕、（四）出現外公外婆社會（婚姻制度瓦解）、（五）同婚社會。此五現象的結果，地球第六次大滅絕，這是民主的終站。

貳壹、《囚徒：陳福成五千行長詩》（詩集，二〇一五年）

五千行長詩〈囚徒〉，也做為書名《囚徒》，是一個人的傳奇，也可能是所有人的故事。但五千行的故事詩，列舉多少行都是不夠的。隨機抄錄第一章〈囚徒．順民〉一小段：

囚徒

只能當成一種順民
混不開的當奴臣
只有這樣才能好好過日子
維持基本需要
有吃有喝
不會太飢渴
……
表面上的順從
一時取悅女典獄長的顧盼
我發現
溫順如貓最能得到女典獄長的恩寵
或許時代潮流如是
所有淪入黑牢的雄性物種都是囚徒
女典獄長有著無尚權威
交配權
掌控在她手裡
同時也就掌控了話語權
……

本書情節很多，第一章〈囚徒〉，第二章〈女典獄長〉，第三章〈越獄．尋找〉，第四章〈五濁惡世〉，第五章〈歸案．獄中修行〉。這像是很多人的生命現狀，讀者大人，是你嗎？

貳貳、《廣西旅遊參訪紀行》（編著，詩、散文，二〇一七年）

一群朋友到廣西旅遊參訪，我未同行，答應幫他們編成本書，並按他們行程景點各寫一詩：崇左市、友誼關、花山崖、明仕河、德天瀑布、通靈峽谷、舊州街、鵝泉、田州古城、百魔洞、巴馬瑤族長壽村、百鳥岩、南湖、廣西博物館，最後澳門。「閉門寫遊記」是我的「特異功能」，賞讀〈我愛妳，廣西〉：

我說我愛妳
不是妳，也不是她

是廣西
廣西，我愛妳

我們距離很遠
從未見過面
所以有人說我不能寫情詩說愛妳
別聽人家鬼扯
妳始終在我心上
是我的心上人
住我心一個甲子多了
怎說我們沒見過面
啊！我愛廣西

儘管歲月如梭，滄海桑田
我始終愛廣西
如妳，廣西，絕不會變心成廣東
如我，一個詩人的真情性

廣西旅遊由中國全民民主統一會會長吳信義先生率領，全團三十多人，行程從二〇一七年八月七日到十四日。回臺後，信義、臺客、俊歌等多人也提供稿件，共同完成本書留為紀念。

貳參、《光陰簡史：我的影像回憶錄現代詩集》（照片、詩，二〇一八年）

本書有三百多張照片，每一照片配一首小詩，七成照片是此生血親和姻親（含上、此、下三代人留影），少數同學朋友等，能在本書留下身影都是好因緣。

貳肆、《光陰考古學：失落圖像歷史現代詩集》（照片、詩，二〇一八年）

三百多張照片，一張照片配一首小詩。輯一〈一八六三年上海森泰像館〉照片三十八張，輯二〈失落的大小歷史〉四十四張，輯三〈棄遺的世界〉六十二張，輯四〈長城風光〉三十二張，輯五〈中華民族各民族大合照〉含臺灣六十一張，輯六〈入滅的幻影〉三十二張，輯七〈河山多嬌媚〉四十六張。

住在本書的圖像們，你們的新家叫圖書館，那裡有專人侍候，有空調冷氣。你們從此過著幸福美滿的日子，把你們都安頓好了，我就放心，可以一切放下！

貳伍、《中國全民民主統一會北京天津廊坊參訪紀實》（遊記，詩，二〇一九年）

二〇一九年九月十七日到二十四日，中國全民民主統一會會長吳信義兄長，率會員一行三十多人，應邀參訪北京、天津和廊坊。本書分三篇十章有長詩二十餘首，賞閱一首〈拜會廊市臺辦〉少段落：

已過了中秋
這裡的氣氛很春天
名片還沒拿出來
眼神已先遞出熟悉的名片
微笑的語言
雙方了然於心
你說唐詩
他道宋詞
……

在廊坊市臺辦的會議室裡
大家得到一個共識
「寧共勿獨」
對，就是寧共勿獨
未來也將聯合消滅臺獨偽政權
不使邪惡的毒水
毒化中華民族子子孫孫
……
一再確認，寧共勿獨
實現中國夢
完成中華民族偉大復興
是二十一世紀中國人的天命天職

貳陸、《走過這一世的證據：影像回顧現代詩集》（照片、詩，二〇二〇年）

這輩子所有的因緣留下的四百五十張照片，配四百五十首小詩，等於一頁一照片一首詩。區分二十八種因緣證據：出生童年少年、陸官七年、野戰部隊十九年、臺大五年、陸官小圈圈（福心會）、臺大退聯會理事長、臺大各小圈圈（退聯會、志工會、教官會、登山會）、文學界各聯誼會、大人物詩友、佛光會、天帝教、永懷長青（陸官四老友）、全統會、華國緣、洪門、血親姻親、祖國行、人間妖魔、黃昏六老加四、一切有為法如夢幻泡影。所謂這輩子的因緣，正是這輩子的「人際關係」。

我不是一個能廣結善緣的人，相較於現在我身邊幾個好友，如吳信義、吳元俊二位，我可能不到他們十分之一。早年那野戰部隊十九年，每一單位接觸過的同事不止成千上萬，現在仍有連繫的五個手指數完了。

不多的因緣中，卻也留下許多照片，清楚的警覺來日不多（實際如是），不忍最終被掃到焚化爐。我用我的方法，一照配一詩，成一部美的詩集。

世上最難事

《緇門警訓》：

不見他非我是，
自然上敬下恭，
佛法時時現前，
煩惱塵塵解脫。

此乃天下至難事
世人絕大多是只見人錯
不見己過

衆生與佛

眾生與佛實不二
只在迷悟差別
迷了是眾生
悟了是佛
《洞山悟本禪師語錄》曰
眾生諸佛不相侵
山自高兮水自深
萬別千差明底事
鷓鴣啼處百花新

貳柒、《這一世我們同路的證據：影像回顧現代詩題集》（照片、詩，二〇二〇年）

與前本一樣是梳理這輩子的因緣，四百多照片配四百多首詩：黃昏六老加四、二〇〇八年江西行、二〇〇九年重慶和成都、二〇一〇年山西陝西三人行、二〇一一年河南山西六人行、二〇一四年北京天津、臺大因緣（教官會、志工會、退聯會、登山會及其他）、全統會、佛光會、洪門、天帝教、華國緣、文學界、血親姻親、臺島妖魔等。

朋友到底要多少？有人說越多越好，成千上萬更好，假如人以交友為志業便可。但我以寫作為志業，朋友必須「求精」，目前我「接近知音」不超過十位。

左起：吉自峰、劉智強、吳元俊、陳福成、劉焦智、「熊貓」、吳信義、張亦農。2010年11月3日，在山西風陵渡黃河岸。

師兄弟三人，左起吳元俊、吳信義、陳福成，2010年11月1日在山西關王故里（在運城常平村，關公童年到青少年在此生活）。

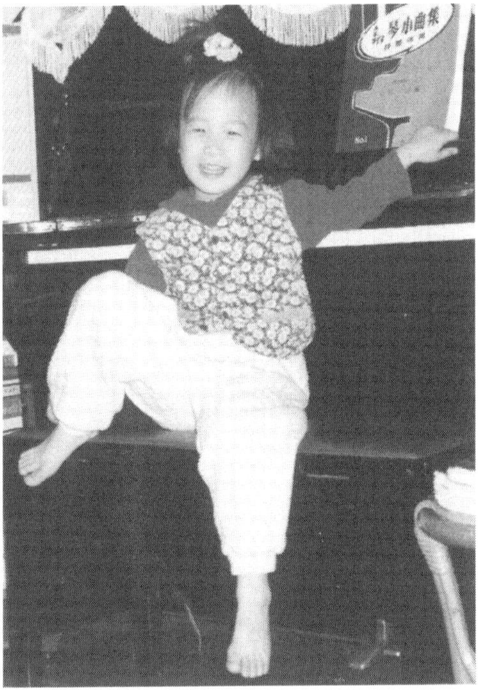

貳捌、《感動世界：感動全中國的故事詩》（報紙圖片、詩，二〇二〇年）

不知為何？人類社會的高層結構（有豐富資源者），很難有感動人的事情發生，大多是叫人厭惡的事；反之，在底層結構（赤貧者、極弱勢者），常有動人故事，甚至感動天地三界的故事。

筆者身為佛光會員，訂了十多年《人間福報》，該報常報導兩岸中國社會底層的感人故事，我愛剪報，保存了近百個感動世界的案例。每一案例都寫一首不短的頌詩，本書頌揚這些行「菩薩道」的人和事。

安徽蚌埠八旬翁戴城民拾荒養八棄嬰，山東無腿男陳州鐵臂登嵩山，雲南八老造林三十年，臺灣趙文正撿破爛三十三年捐四百多萬，雲南無下半身女孩錢紅艷勇奪帕運金牌，臺灣黃宏成親吻兩岸大地，北京密雲縣趙家五兄弟奉養九旬棄婦，企業家陳明鏡在雲南建「小人國」。

慈悲之城西安，寧夏治沙功臣白春蘭，成都紅花村獨腿春醫陳永根，安徽淮南謝海順行乞二十年養八孤兒，浙江富翁杜光華捨身救人，山東小老闆周江疆捨身救人，新疆皮里村學童的上學路……

貳玖、《印加最後的獨白：蟾蜍山萬盛草齊詩話》（詩、詩評、散文，二〇二〇年）

喜歡到南美洲旅遊看古文明的人，大概就知道這首詩在寫什麼！南美洲的印加大帝國，到十六世紀時，國王阿塔瓦爾帕在位，國勢達到頂峰。但歷史發展太詭（鬼），一五三二年西班牙野人首領法蘭西斯科．皮薩羅（**Francisco pizarro, 1428-1541**），率一百六十八個野人帶著槍砲到印加（今之秘魯）。就在十一月十六日，星期六午後，將阿塔瓦爾帕和六千衛士騙到一個大廣場，一場大屠殺持續到黃昏，印加大帝國亡於阿塔瓦爾帕和臣民，堅持不改信基督教。

不信基督教該死嗎？就是該死！基督教發展一千多年來，「不信基督者，殺、殺、殺」，這是一條血淋淋的「定律」。美洲原住民險些滅種，世界各地只要有基督教勢力就有大屠殺，這是地球「白人信仰」的可怕。

〈印加最後的獨白〉是約三百行長詩，詩名也是書名，詩名有小標題「國王阿塔瓦爾帕」之死，對這個白人世界的「黑歷史」，本詩有強烈批判。但詩太長，只能賞閱小部分：

終有一天，印加子民
以及所有安地斯山生靈
將再度皈依太陽神
⋯⋯
人不可能永遠被欺騙
未來有一天
當人發現，基督的權力用來屠殺
不信基督者，殺、殺、殺
人能不覺悟嗎？

用殺人建構文明
以屠殺異教徒建構教義
這是上帝的旨意嗎？
還是白種人的優越權力？
基督何在？

耶和華何在？

瑪麗亞何在？

怎麼都不説話了？

一五三二年十一月十六日，星期六

這天在印加帝國發生什麼事？

不信基督者，殺、殺、殺！

到底是誰的旨意？

……

也許有人以為筆者偏見吧！但打開歷史的「黑盒子」，真相如斯，直到二十一世紀依然如是。大家只要冷靜深思二戰後的所有戰爭，都和白人信仰基督教有關，賓拉登的「九一一事件」，正是對「白人基督勢力」的反撲，在中國應該禁止基督傳教，保護中華文化發展。

參拾、《臺大遺境：失落圖像現代詩題集》（照片、詩，二〇二〇年）

四百張照片配四百首小詩，都和臺大有關的「遺境」：輯1〈古人古事古物古蹟〉、輯2〈一九八六年三月二十八日法學院〉、輯3〈一九九六年臺大退聯會成立到週年〉、輯4〈臺大退聯會一九九八年會員大會〉、輯5〈臺大退聯會歷次大會〉和輯6〈同樂會〉、輯7〈臺大逸仙學會〉和輯8〈志工會〉、輯9〈臺大登山會〉，還有退聯會、教聯會、教官會、因緣在臺大等。詩和照片不一定相關，發舒個人感想而已！

身為一個「革命軍人」，沒有作「黃埔遺境」已是不該，還作了這麼多「臺大遺境」，自己都覺得意外。但，因緣就是在臺大，前輩子可能已播了種吧！

臺灣大學退休人員聯誼會
第十屆理監事畢業同樂會

台大登山會

參壹、《夢幻泡影：金剛人生現代詩經》（著編、照片、詩，二〇二〇年）

本書四百多照片配四百多首小詩，以《金剛經》四句偈詩為篇名，第一篇〈一切有為法〉、第二篇〈如夢幻泡影〉、第三篇〈如露亦如電〉、第四篇〈應作如是觀〉。前三分之一照片配文採星雲大師對《金剛經》的譯文，可看星雲大師著《成就的秘訣：金剛經》一書。

照片基本上是此生蒐集、保存珍貴的回憶，除了已完成配詩出版，本書所用照片也有不少已算「古物」，當然血親姻親朋友同學都是此生重要因緣。有二百多首小詩，也是個人走在黃昏歲月的心靈足跡。

台大退休人員联誼会庆·生会2015.8.11
2015.08.11

50年老同学

參貳、《這一世我們乘佛法行過神州大地》（編，照片、詩，二〇二一年）

四百多照片和小詩，「消化」掉所剩不多的照片。輯1〈二〇一四年北京天津黃埔同學會〉、輯2〈二〇一一年河南山西行〉、輯3〈二〇一〇年山西峽西三人行〉、輯4〈二〇〇九年重慶西南大學〉、輯5〈二〇〇八年江西參訪〉、輯6〈二〇〇八年海南省〉、輯7〈二〇〇七年北京中國文聯〉、輯8〈寶島臺灣子民們〉。

四百多小詩，都採我們中國歷代高僧、大德、居士、佛經、詩人名人等作品，所以這本書就是編。採用詩都和佛法意涵有關，有宣揚佛法之意。

山西芮城黃河岸
2010.11.3
2010/11/03

山西芮城永樂宮
永樂宮
彰显芮城道教文化底蕴 打造芮城传统文化品牌
2010.10.30.

參參、《我與當代中國大學圖書館的因緣（三）》（謝卡、照片、詩，二〇二一年）

書主題有小標題〈暨人間道上零散腳印的證據詩題集〉：輯一〈大陸地區大學圖書館謝卡謝函〉、輯二〈臺灣地區大學謝卡謝函〉、輯三〈因緣和合的證據〉、輯四〈夢幻泡影的證據〉、輯五〈尚未碎為微塵的證據〉、輯六〈古生代化石存在的證據〉、輯七〈血緣姻親的證據〉、輯八〈一些黃埔情緣的證據〉、輯九〈藝文友誼零散的證據〉、輯十〈遺境拾獲的證據〉。

一輩子蒐集的幾千張「有意義有價值」的照片，大約已全部「進住」出版的書中，每一張圖照提一首小詩，典藏於圖書館（含原件），這是處理寶物的好辦法。

感谢状

陈福成 先生：

承赐《陈福成著作全编》、《光阴考古学》《我读北京《黄埔》杂志的笔记》共八十二册，将分编入藏，以飨读者。

先生厚爱，泽被馆藏，沾溉学子，惠及当代，功垂未来 。谨奉寸缄，特致谢忱！

祈盼 您继续俯以鼎力，关心敝馆馆藏，时时鞭策垂教！

敬祝 您 福体安康，阖府迪吉！

南京大学图书馆

2018 年 [illegible] 月 8 日

國 立 臺 灣 大 學 圖 書 館

NATIONAL TAIWAN UNIVERSITY LIBRARY

臺北市 10617 大安區羅斯福路四段一號

1, Section 4, Roosevelt Road, Taipei, Taiwan 10617, R.O.C.

感謝 贈書人

惠贈本館書籍

國立臺灣大學圖書館採訪編目組

2018 年

參肆、《地瓜最後的獨白：陳福成長詩集》（詩集，二〇二一年）

這本詩集有兩首長詩，一是〈地瓜最後的獨白〉，約一千多行的故事。二是〈救贖〉約七百行故事詩。另一個附件〈神之州絕美勝景簡介〉。賞閱〈救贖〉一詩的小片段：

救贖
為救贖那些被小倭鬼子整死的亡者
千百萬億
被倭國鬼子槍殺的男士們
鬼子抓去當慰安婦的女子們
被以各種方式殺害的男女
因小倭鬼子而亡的眾多生靈
都要得到救贖

救贖，為救贖
小倭鬼子啓動
第一次亡華之戰
中國明萬歷「朝鮮七年中日之戰」
第二次亡華之戰「甲午之役」
第三次民國「三月亡華」
……
數百年來
倭國不亡是眾生苦難的源頭
因果終必解決
二十一世紀中國人有個天命
於本世紀中葉前
相機以核武消滅倭人
令其亡種亡族亡國亡根
……
我是誰？

我是我自己的國王
為一個救贖而生、而存在、而死
再轉世到神州某一人家
仍為自己的國王
再檢視救贖
一個中華民族的神聖使命
中國人之天命
是否已經完成實踐？

參伍、《甘薯史記：陳福成超時空傳奇長詩劇》（二〇二一年）

敏銳的人看書名大致猜到方向內涵，用科幻的思維、現代詩的形式，政治批判的內涵，也可以看成另類「臺灣史記」。當然，有如信教，信之則是，不信如幻，但故事要有幾分「科學根據」，才合乎真善美的藝術要求。這首詩有三千多行，分十五節，另有三個附件註解，賞閱第十一節〈西方「新八獸聯軍」染指地瓜島〉幾小段落：

眼看著龍族一天天壯大
西方群妖眾獸急啊
急如熱鍋上的螞蟻
而以殃個虜殺嗑猻種最急
誰是「殃個虜殺嗑猻」種？
實乃進化舞臺上一些禽獸
狼、狽、猩、狐、獾……
乃至鷹、袋鼠、無尾熊、蛇……
這些非妖即獸
在過去的數百年以至現在
依其工業革命強大
燒殺掠奪
許多種族受到大屠殺災難
曾有最強的「八獸聯軍」

入侵神州龍族
搶走無數寶物
至今仍存放在牠們眾多博物館中

為制壓龍族崛起
西方妖獸和東洋倭鬼
又重組「新八獸聯軍」
……
地瓜島上的魔鬼黨
經長期演化
生出了狼子野心
出賣了父母
出賣了列祖列宗
出賣了自己的龍族利益
最終，又出賣了自己的靈肉
自願成為「新八獸聯軍」之內鬼
企圖依靠妖獸之力

以武拒統
……

在第十四節〈最後的地瓜島與最後的地瓜〉並非神話，更不是科幻，而是會發生的事，只早晚問題，都是有科學依據的（附件二、三）。同婚的結果，就是物種滅絕，而臺灣島到本世紀末將全部沈入海底，叫人感嘆！世間無常，以詩的最後數行表我心思。

近二十餘年來
是我這一世身為史官的黃金時間
以一隻「少水魚」的心態
盡力做好龍族史官的職責
已完成一百五十冊「龍族學」的著作出版
數千萬言，全部放棄個人版權
贈為龍族之民族文化公共財
《甘薯史記》只是龍族在地瓜島之小史
期待未來龍族子孫

不可當妖獸
要為龍族做出貢獻
才是生命的價值和意義之核心要旨

參陸、《詩中有眞味》（中英翻譯、合著，二〇二〇年）

這本詩集是《華文現代詩》五周年同仁中英詩選，由許其正主編，張紫涵（中國民航大學教授）英譯。共有九位詩人作品：林錫嘉、彭正雄、許其正、莫渝、曾美霞、陳福成（筆者）、陳寧貴、鄭雅文、劉正偉。賞讀一首筆者短詩〈守著一抹藍天〉（含英譯）：

守著一抹藍天

大地被來勢洶洶的綠色泡沫所淹沒
風聲變綠
訊息變綠
影像變綠
原野山谷大地將淹沒在綠色泡沫中
我仍守著一抹藍天

叢林已經綠化了
滿山遍野，凡是能夠紅的發紫都是綠色泡沫
鼠輩走狗當然是深綠色的
成群牛羊搶著吃綠草
犬豬獼猻也人模人樣的披上
綠衣
我仍守著一抹藍天

不管天長地久、海枯石爛
我仍守著一抹藍天
自磐古開天以來
舜日堯天周禮樂
孔仁孟義漢文章
天就是藍的
有史以來，天都是藍的

Keeping a Patch of Blue Sky

The great earth has been drowned by the surging green foam
The wind turns green
The message turns green
The image turns green
The wilderness and valley and the earth will be drowned in green foam
And I am still keeping a patch of blue sky

The woods have been green
All over the mountain, all that can be red is green foam
The mice and running dogs are of course dark green
Herds of cattle and sheep are competing to eat green grass
Even dogs and pigs and monkeys are like human beings
In green coats
I am still keeping a patch of blue sky

In spite of everlasting sky and earth, until the sea is dry and the rock rusty
I am still keeping a patch of blue sky
Since Pan Gu opens up the sky in ancient time
The ancient sun and sky and the rituality
As well as articles and doctrines of Confucius and Mencius
The sky is blue
Since there is a record of history, the sky is blue

參柒、《愛河流域：五位中年男子情詩選》（詩集、合著，二〇一五年）

范揚松、方飛白、吳明興、陳福成、胡其德（後退出）五人情詩合集。這五人本是「大人物公司范揚松詩友」，常在范公館雅聚，飲酒作詩，不久一人退出，真是天下無不散的聚緣。就賞讀筆者一首情詩，〈她想要的〉：

他，給她滿天雲彩
他的誓言，他的愛意
如雨前的雲
那般多、厚、濃

他，給她買小套房
給她名牌所要的銀子
沒有誓言、沒說愛妳

只有如小河灣灣
涓涓細流的銀子

我知道，她想要什麼？
只有我知道這個天大的蜜密
若讓她不漂亮，她會坐在地上哭
於是，我始終把她粧扮的
像一個公主
並且告訴她，把天下搞垮了
我也絕不怪她
這就是她夢寐以求
她想要的

參捌、《五個老友的旅遊詩》

大人物范揚松詩酒會這口「暖爐」常有新人，來取暖的是女詩人莊雲惠，加上吳明興、方飛白、范揚松和筆者，決定出版旅遊詩合集。旅遊是現代人之顯學，只有筆者對旅遊不看好，只看好神州景點。賞讀〈兵馬，絕非俑〉：

萬千眾生都說來看兵馬俑
獨我未見俑
秦皇兵馬
絕非俑
驪駒潛行驪山千載
以潛龍之姿
引萬乘戰車
騰雲駕霧似蕭風飈起
駕詑二十世紀直穿向廿一世紀

八方風雨
都來看神駒雄風就要跨出國境
壯盛兵馬已然崛起

兵馬曾借光秦時明月
夜行軍　晝殲敵
吞六國
一統天下　中國統一
而後，在漢關古道追風
長鬃飄過千載萬里
經三國兩晉隋唐五代宋元明清
兵馬神靈永恆不死
永不成俑
只選擇在動亂分裂的年代
啓動天命，完成天職
再一次天下一統

炎黃子孫代代都有中國夢
從不忘天職天命
統一是代代子民之天志
歷史絕不成灰
兵馬怎會成俑？
一支千年壯盛兵馬再一次崛起
縱橫三大洲五大洋
飛行於宇宙多維空間
氣吞列國
悍衛國家統一和人類福祉
兵馬，絕非俑

第九章　這十五位詩人的十八本研究專書

在兩岸中國詩壇上也算混了一輩子，有很多的因緣讓我找到「詩人研究」的機會。我常比喻作家的心態就像攝影家，甚至更像獵人，隨時在找可以「捕捉」的目標，而作家和攝影家是在找可以創作的「主題」。

當然，有了因緣，發現了主題，也不一定會將「主題」再進一步發展成「著作」，因為之間還涉及很多「問題」，你要一一克服，逐步完成，才有可能把捕捉到的主題變成著作。約言之，成為我筆下「詩人研究」的主角，可能有百人，但能讓我用一本書完整的研究一個詩人，至今（二〇二一年）才不過十五人。

這十五位詩人是：王學忠、范揚松、一信、海青青、莊雲惠、葉莎、金土、鄭雅文、莫渝、許其正、林錫嘉、曾美霞、劉正偉、陳寧貴、綠蒂。

這十五位我筆下的「詩人研究」，王學忠、范揚松、海青青三人，每位我還各寫了兩本研究。這章要略說這十五位詩人和他們的作品。

壹、《中國當代平民詩人王學忠》（二〇一二年）

這本書是研究吾國河南安陽著名詩人、被老詩人賀敬之稱「平民詩人」的王學忠。要研究他，當然要深讀他的詩集和各界出版的研究集，包含有：《未穿衣裳的年華》、《善待生命》、《流韵的土地》、《挑戰命運》、《平民詩人王學忠》、《雄性石》、《王學忠詩稿》、《太陽不會流淚》、《王學忠詩歌現象評論集》、《王學忠詩歌鑒賞》、《地火》。

以上是一九九〇到二〇〇九年間作品，對一個詩人的研究和理解，相信看過這麼多，應已七八不離九了。我在該書以兩句話總結「王學忠詩的核心意涵」是：

黃河浪花億億朵，你是那朵最鮮紅的血色浪花；
長江巨濤萬萬波，你是那波最清醒的靈魂真華。

我和王學忠此生至今（二〇二一年）未見過面，僅在二〇〇九年重慶西南大學的國際詩學會中同框照相。或許因緣不足（如兩岸關係），但這不影響對他的賞識和尊敬，如同賞識杜甫一樣。賞讀他的一首詩，〈不能向你說〉：

我心中的愛
不能向你說
純真的愛像少女的痴情
隔著閨門，裹著羞澀
只能深深埋在心窩

我心中的冤
不能向你說
委屈的淚像奔瀉的小河
不知該流向哪座湖泊，哪條溝壑
只能深深埋藏在心窩

我心中的恨
不能向你說
綿綿的恨像長城下的幽靈
枷著憤懣，鎖著魂魄

只能深深埋藏在心窩

我心中的話
不能向你說
說出的每個字
都是一團火……

現在讀這首詩，與十幾年前感受和解讀都不同。我相信世間任何人，都有「不能向你說」的愛恨情仇，只有找到「出口」，才能在出口裡「放下」，如同詩人把情緒放在作品中，才是活下去的「路」。

貳、《嚴謹與浪漫之間：范揚松生涯轉折與文學風華》（二〇一三年）

與范揚松的因緣始於《決戰閏八月》和《防衛大臺灣》二書出版（詳見第1章）。他有自己的事業，也是臺灣著名詩人（國軍文藝金像獎拿過兩次長詩獎，其他獎也多）。他出版多本詩集，算是一個勤勞的詩人。

《嚴謹與浪漫之間》一書，基本上以傳記體書寫，按歲月的時間脈絡發展，掌握他各時期的文學和事業成就。賞讀他的長詩〈太史公曰〉部份小段：

埋首泛黃典籍，尋覓
被時間浪潮淹覆的聲音
感覺窗櫺搖響，啓闔之間
陽光已自屋簷，施施攀爬
欲圖迫近我日夜據守的城堡
除熙攘，爭辯不休的懸案外
誰有閒情探視我不毀的事業
……
我擲筆三嘆而激動落淚
他們單薄的身影，紛紛
走過我疾疾翻閱的典籍
讀著辛酸的家世與淚水
身為史筆，能不驚覺

他們走過歷史道途的真義
巍峩的典型，不時浮現
我為之立傳，為之抗辯
猶如我的堅決，而留下亙古
戮記，作為一名史筆的
……

這首詩收錄在他民國七十九年出版的《木偶劇團》，時年二十五歲，純真而敏銳又善感的年輕時代才寫得出來。過了中年，社會化太深後，很難再寫出這類詩。

參、《一信詩學研究：解剖一隻九頭詩鵠》（二〇一三年）

一信（徐榮慶）在臺灣詩壇是第一代元老，也是《三月詩會》元老。本書依據一信已出版詩集《夜快車》、《時間》、《牧野的漢子》、《婚姻有哭有笑有車子》、《一隻鳥在想方向》、《愛情像風又像雨》、《飛行之頭顱》等七冊，為研究文本，賞讀他的一首小詩，〈奠祭自己〉：

雨　滿天漫地落著
我在雨中泳泅
掙扎在清明節之洶湧波濤中

泅過鮮花　泅過人潮
泅過伸著頭的墓碑
泅過伏著身體的墳墓
及看不見數不清的鬼魂

泅過了一山青草與一片腳印
泅過了一堆冥紙與一陣火焰
泅過了一天香火與一地灰燼
泅過自己情緒的沉與溺

終於抓住沒有五官血管的岸
此岸還真實的一瓶酒
我乃　啓開瓶蓋　舉杯
奠祭清明中的我　在
人鬼　陰陽　醉醒　死活與真假之間

完全的虛構、想像，意中之境及境由心生的創作，讓死亡的形像以意象處理，很成功的詩語言。一信的作品到《飛行的頭顱》，已有大解放的境界，他現在應該九十幾了，不知現況如何？

肆、《王學忠籲天詩錄：讀《我知道風兒朝哪個方向吹》的擴張思索》（二〇一五年）

我寫《從魯迅文學醫人魂救國魂說起》一書時，從吾國文學史一路找下來，選了屈原、李白、杜甫、陶淵明、李後主和魯迅六個代表，他們的文學成就有「醫人魂、救國魂」功能，心想欠一個「活人」，活在現代的中國社會裡而能和人民群眾接心的詩人，王學忠是我選入的現代詩人代表。

二〇一四年我又收到王學忠寄來《我知道風兒朝哪個方向吹》詩集，讀之深受感動，共鳴甚強。乃又以解讀他這本詩集的擴大思索，再寫一本《王學忠籲天詩錄》。賞讀他的一首詩，〈「和平」總統〉：

日本首相東條英機
血洗南京
美其名
為了大東亞共榮
美國總統奧巴馬
指揮大兵
濫炸他國百姓
名曰反恐

邏輯相似
異曲同工

……
大洋彼岸的白宮
「和平」總統
和軍火商大亨
眼睛笑成一條縫
訂單雪片飛來
金子逐浪湧
可憐他國百姓
老人、婦女、兒童
比東條英機試驗場上的境遇
更慘更痛
……
只是那「諾貝爾老人」
把金燦燦的和平勛章
獎給戰爭販子
……

奧巴馬任內，曾侵略阿富汗、巴基斯坦、伊拉克、敘利亞等七國，無數百姓死於非命，諾貝爾和平獎頒給他。其實這是邪惡西方帝國主義的操弄，幸好現在美帝快不行了，中俄要聯手終結美帝，「中國式的國際關係」才能使世界更好。

伍、《海青青的天空：牡丹園詩花不謝》（二〇一五年）

二〇一一年九月，我應山西芮城劉焦智之邀而有「金秋六人行」。我和信義、俊歌、臺客等六人先到鄭州，晚上在「孟彩虹茶館」見幾位詩人朋友，海青青是這晚見到詩人之一，沒想到「海青青的因緣」持續到現在。他主持的《牡丹園》詩刊，每期都寄給我，十年不停，可敬的心靈詩友。這本《海青青的天空》做為回報，並感謝他的用心、貼心和恆心。賞讀他的組詩〈江南小夜曲〉：

一

夜色，
一只巨大的鳥
落在水鄉。

在黑色翅膀下，
小山村抱著蛙鳴
睡了。

夢囈的魚兒
三聲，
兩聲……

二

沒有月亮的晚上，
我愛凝望
對岸燈火……

真想把它們從河裡
撈出來裝進瓶裡，
夜夜照我……

三

住在運河邊，
我總是夢裡時，
小樓前，
那橋上的
晚歸的喇叭聲
把我驚醒……

枕著水鄉的寧靜，
小山村的蛙鳴，
我從不生氣，
更加感動——
水鄉人的勤勞
彈奏出的夜曲！

一九九七年七月十日，原載河南《莽原》
一九九八年第五期，總第九十八期

組詩三節表達三種不同的「靜」，靜是不容易表現的。例如，南朝王籍以「鳥鳴山更幽」為靜，但宋代王安石以「一鳥不鳴山更幽」才是靜，你說呢！

陸、《爲播詩種與莊雲惠詩作初探》（二〇一五年）

寫這本書的因緣，來自讀她的詩集《紅遍相思》和她長期開童詩和青少年詩班，把詩種播在孩子身上。實際上只有數面之緣，詩人之間主要還是從作品中去「認識」，賞讀一首她的〈心淚〉：

一烙一痕
烙得
心痕斑斑

盈盈淚
湧過
道道心痕
沁入血液
氾濫著……

沁進神經
沁進細胞
為什麼
就不能
泛出眼眶

為什麼就不能
泛出眼眶
汩汩流淌

莊雲惠善寫刻骨銘心的情詩，她的《紅遍相思》正是情詩集，她對愛情定有深刻的體驗。她除了創作寫詩，也教詩，她的水彩畫也小有名氣，在文壇上能夠「詩畫雙棲」的詩人很少，她是幽靜深谷中的才女。

柒、《緣來艱辛非尋常：范揚松仿古體詩研究》（二〇一六年）

范揚松的大人物公司詩酒文友群是一口「暖爐」，一年四季「孤寂、缺暖」的朋友，常要來「取暖」，包含筆者，二十多年了。大約十年前，常見來取暖的有：吳明興、蔣湘蘭、吳家業、薛少奇、劉臺平、陳國祥、陳在和、潘寶鳳、周喬安、曾詩文、傅明琪、陳湘陵、許文靜、封玫玲、方飛白和筆者。

但到最近這幾年，常見僅有：吳明興、吳家業、陳在和、曾詩文、傅明琪、方飛白、莊國政、俊歌和筆者。世間沒有永久的緣，只有感動許久的情，這些情都被范揚松留在詩中。

讚傅明琪唱〈天路〉，緣是天籟在勾引

天旋勢轉依山盡，路迴萬里馳古今；

奇景妙境浮上眼，緣是天籟在勾引！
傳歌珠玉落滿襟，唱若疾風徐如林；
雲端有道曲婉轉，霄壤相會夢成金！

敬答吳家業大律師詩作

征戰紅塵皆滄桑，午夜高歌且暢談；
批時論道皆入木，紅顏詩酒可盡歡！

與吳明興兄略論講學詩創作緣起

遊騁三川遍五湖，歷經滄桑廿寒暑；
講經説法談管理，學藝旁通道與術！
詩能與觀存好惡，以銅為鏡辨分殊；
載歌詠詩常嵌頭，道盡學思不含糊！

詩答方飛白兄

悲歌已逝終不回，戀譜新曲調相隨；
莫道哀情舊時恨，相逢且喜拼千醉。

賀陳福成長詩《囚徒》出版

覺悟前程多磨難，智珠在握度劫關；
知心禁錮衝網羅，道貫神形莫憂歡！
無明苦海學參禪，上蒼憐憫照萬川；
菩薩指路觀自在，醍醐灌頂求涅槃！

與在和兄砌磋 DBA 論文開題

天理往復輪興替，道蘊陰陽本一體；
循此因緣生萬物，環保生態兩相倚！
永懷乾坤天覆地，續轉春秋藏歡喜；
長命富貴不由人，青山綠野從地起！

范揚松的仿古詩已寫了至少三千首以上，記錄主客所思所見的一切。如臺獨偽政權之妖女魔男禍國殃民，在「范大史筆」下，痛痛的批，留下春秋史記。

李登輝媚日賣臺全民撻伐

賣官貪瀆難盡數，臺聯跳樑鬼無助；
求降媚日常忘本，榮光全褪奔末路！

太陽花污損殿堂

玷辱師門天人怨，污損殿堂猶暴徒；
教唆犯行施妖法，壇主操弄罪可誅！

天啊！救救臺灣！臺獨偽政權何時垮？空心菜等妖女魔男何時滅光光？和統、武統、逼統，就一起上吧！只有完成統一才是完全的中華民族復興，完全的「廿一世紀是中國人的世紀」。

捌、《葉莎現代詩欣賞：靈山一朵花的美感》（二〇一六年）

在臺灣現代詩壇上，女詩人葉莎（劉文媛）的作品，雖非最清純，也是極清純，至少我讀過不少女詩人的詩，尚未見有如她之清純，詩評者皆以「純詩」稱名之。而我以「靈山一朵花的美感」為書副標題，幾乎已是葉莎其人其詩的寫照，賞讀〈空．不空〉。

不知空了
還是不空
只見那人紋風不動
衣角一群奔忙的風

前面的長廊充滿陰影
蜘蛛結網屋樑
窗子幽幽暗暗
他雙手閒握，不問

背後的白牆刻滿經文
陽光誦讀一遍
遊客朗誦一遍

他緊閉雙唇，不聞
到底空了
還是不空
小聲問了幾遍，不答

在《葉莎現代詩欣賞》一書，對這首詩有深入詮釋。感覺上她好像有了「行走紅塵不染塵」的境界，近幾年來她的作品在詩壇上「很紅」。有興趣的人，可讀讀她的詩集《人間》或《伐夢》。

玖、《中國鄉土詩人金土作品研究》（二〇一七年）

我和金土的因緣，從我二〇〇五年創辦《華夏春秋》雜誌說起，辦到第六期（二〇〇七年元月）公告停刊。幾年後，遼寧鄉土詩人金土（張云圻）設法復刊，從二〇一一年七月大陸版《華夏春秋》第一期出刊，至今都維持正常出刊（季刊）。這本《金土研究》是給這位朋友的回報，也是感恩，賞讀金土的〈狼〉。

狼是肉食動物
有一天和兔子相遇
嚇得兔子趕忙跪地
全身觳觫
鼻涕一把淚一把
苦苦央求：
「狼爺啊狼爺
饒了我吧
真的把我吃掉
無妨
可憐的是家中病妻
還有一個兔崽子
無人照料……」
狼笑了笑，說：
「快起來吧
告訴你

你很幸運
我剛在狐狸家吃的雞餐
肚子飽了就不想再吃了
可以放你一條生路……」
可有的人吃飽了還吃
受賄、貪污、明搶暗奪
視錢如命，貪婪無厭
看來真不如狼

金土是多產詩人。至今寫的詩可能幾萬首，《中國鄉土詩人金土作品研究》出版後，在大陸引起很大共鳴，不少作家詩人寫了讀後感，都發表在大陸版的《華夏春秋》。因數量甚為可觀，我把所有讀後感收整編成一本金土作品研究《反響集》，以回報所有讀者。

拾、《鄭雅文現代詩之佛法衍繹》（二〇一八年）

《華文現代詩》（季刊）雖只維持六年，幸好這六年間留下十本書，九本「點將錄」加《華文現代詩三百家》。「短命」詩刊雖不捨，但就像張國榮在輝煌處劃下句點，留下一些疑惑給後人閒聊，增加話題空間。

鄭雅文，我已多年未見芳影。有些懷念，念她曾經的布施，二〇一四年我出版《臺灣大學退休人員聯誼會會務通訊》，向她「化緣」，她二話不說就從皮包裡拿出二萬元給我。人家對我的好，我會永遠記著，賞讀她的詩，〈春之語〉。

白雲憩息在錯落的遠方
微風吹皺了臨溪的花影
城市的喧嘩　歇足
年華的負荷　輕卸
林木蔥翠
為大地彩繪容顏鮮明

花言花語
為人們訴說江山如畫

萌發新芽
源自於土地的脈動
綻放希望
源自於自然的薰陶

入眼的花影蕊姿
一半飄入風中
一半沉入心靈
天空與大地
依然遙遠無盡
花簇錦團的風景
生意滿盈的氛圍
將無邊的綠意
移植上人間淨土

我是從佛法的「無情說法」詮釋這首詩，「無情」是山河大地蟲魚花影，它們說了什麼？你聽到嗎？「我見青山多嫵媚，青山見我應如是」。你應有所悟！

拾壹、《莫渝現代詩賞析》（二〇一八年）

莫渝自稱是「現實主義人文關懷的臺灣詩人」，這有很多意涵，很難說清楚講明白。我和莫渝雖理念不同，還能維持基本尊重，他有強烈的文學使命感，一輩子深耕文學，大多很「冷」的領域。如法國、西班牙文學、第三世界文學、本土文學（詳見該書）。另外他對中國詩人也有很多研究，他對政府、政治都很痛恨，政府都不可信任，賞讀〈走狗〉一詩：

「把他們擺放在門口。」
「僅僅門邊的小位置小洞口適合他們。」

豢養一大群狼犬
裝飾華麗的門面
還可以對外狂吠幾聲
試試忠誠度

豢養一大群鷹犬
跑遍各地
發揮雞鳴狗盜的聯誼招式

終要　豢養一大股勢力
蛛網般盤踞
清除不乾淨的殘餘死角

註：日治時期的俗稱「三腳仔」，目前，該用什麼語彙？

「日治」是莫渝用詞，我在所有書上全用「倭竊」。所謂「三腳仔」，是倭人竊臺時期，對臺灣人的稱謂，人是兩腳，倭人不承認臺灣人是「人」，介於四腳動物和人之間，是極大污辱。今之臺獨偽政權菜妖女魔男等，卻在感恩倭人殖民，「三一一天譴災難」，臺灣人竟捐百億，奴才病毒之深，真是無藥可救！

我雖討厭臺獨、漢奸、奴才、倭人，抓到機會就痛批，二少爺的筆如「三少爺的劍」。但對文學有使命感的詩人作家，像莫渝這樣，默默深耕，創建了一個文學王國，他仍是可敬的詩人！可敬的作家！

拾貳、《現代田園詩人許其正作品研析》（二〇一八年）

現代田園詩人許其正，他的信念和風格也像是一位「薛西弗斯式的詩人」。從他的眾多作品，再度印證人是多麼孤寂，而詩人更是眾生最孤寂者，一花一世界，賞讀他〈走自己的路〉：

一個人，走自己的路
走自己的路
自己獨自一個人

即使頂著炎炎夏日
即使在寒冷的冬日
即使在黑黑的暗夜
即使暴風雨正發威
儘管環境再惡劣
還是要獨自一個人
勇敢地走自己的路

只有一個人
孤獨地走自己的路
孤獨地向前

路還有多長？
前程還有多遠？
山水困阻還有多少？
只有向前走
才能得到答案

握緊意志
對準目標
再苦都不怕
再孤獨也無所謂
自己一個人走自己的路
把崎嶇踩平
把陰霾驅散
走出風雨
去把陽光擁抱

這就是許其正，可敬可佩的許其正！千山獨行，他用一生的堅持創作豐富（詳見該書）。他的作品也有很多中外譯本，如中英、中希（臘）、中法、中義、中蒙、中英日等。可見得他已是著名國際的中國詩人。

我出版的每一本書，在封內作者簡介都有一句「生長在臺灣的中國人」，我想我已夠中國了。許其正比我更中國，他作者簡介寫著「許其正」，中國當代傑出詩人、作家、翻譯家」。如是，更堅定的中國人信念，必然痛恨臺灣因臺獨走向毀滅，賞讀他的〈哀蕃薯〉：

「臺灣啊！……」
「臺灣啊！……」

彼個攏靠這三字哭調
騙票當選的候選人
這次又擱在哀在哭了

唉！臺灣啊！
水淹到鼻孔口沒？

（誰愛臺灣？
誰哀臺灣？）

只是一條小條蕃薯
藍豬仔吃

綠老鼠偷……
已經見骨了
唉！臺灣啊！
水淹到鼻孔口沒？
（誰哀臺灣？
誰愛臺灣？）
「臺灣啊！……」
「臺灣啊！……」

這首「半臺語詩」有強烈政治批判，對統獨兩派當頭大棒喝，重擊「呆丸郎」腦袋。但藍綠會醒嗎？絕不會，藍豬照吃，綠鼠照偷，直到「蕃薯」沈沒！王師來征，收拾殘局，完成統一，重新建設臺省。

拾參、《林錫嘉現代詩賞析》（二〇一八年）

自從《華文現代詩》結束營業，我再也未見到錫嘉兄，他應該是忙著為釋迦牟尼佛傳法，這是比文學創作更重要的生命大業。幸好我寫了他的研究著作，就放書架上，有空我總是隨興翻閱。賞讀〈我的江河〉：

我的腳步
不疲憊的
緊跟在
十月的燦爛之後
走到了
十一月的長江與黃河

在我的國家
有兩條
歷史的江河

如今
時刻在我心中
洶湧著
鄉音

如果你站立的
不是自己國家的土地
縱使
你匯聚千萬熱淚
也流不出一條自己的江河

祖國的江河啊
你總在我奔忙的日子
隨著深深的腳印
流入我的心田
如一種親切的父母語
日日叮嚀

長江、黃河不僅是中國歷史的江河，更是中國人的母親江河，因為這兩大江河是中國文明文化的源頭，中國未來發展的活水。一個生長在臺灣的詩人，能寫出「**祖國的江河……流入我的心田／如一種親切的父母語**」，確實讓我感動。現在大家對「中國、中國人」產生認同錯亂，是因臺獨偽政權長期「去中國化」洗腦的結果。在兩蔣時期，我們就是中國、中國人，是很正常的，現在成了問題，證明是政治洗腦的結果。

拾肆、《曾美霞現代詩研析》（二〇一八年）

曾美霞的文學創作領域很廣，小說、劇本、散文、詩，都有品質很好的作品，尤其短篇小說寫的真好。但不管哪一種文體，她最擅長於對現代社會兩性關係的掙扎、矛盾與悲喜等；對現代婚姻關係中的外遇、欺騙、背叛、小三等情節的鋪陳，引人入勝景，現代人的感情無處寄託，難怪各醫院精神科生意好。賞讀〈單戀 VS 相愛〉：

●以為單戀不如相愛

擁有彼此　也就擁有全世界
單戀情懷很浪漫　但很抽象
相愛的甜蜜才是真實
如果能相愛到老
誰還願意單戀

●●單戀的空虛

未完待續是我的期盼
已讀未回是你的習慣
牽手開拍
是我設定的夢幻起點
分手殺青
是你畫下的無情句點
冥想劇落幕　現實很無情

回家　煮自己喝的咖啡
疲憊辛勞
午夜　喝自己煮的咖啡
孤單心酸外加苦澀

●●●相愛太受傷
相愛不是一男一女的兩人世界
是男女兩方社群的連環事件
當王子仙女卸妝　落入凡間
仰慕心儀變成鄙視敵對
爭吵上了癮　信賴被撕裂
戀情變了質　平靜回不去
理不清的只剩牽繫與掛念

●●●●其實相愛不如單戀
單戀不會結束　但可以隱藏
隱藏了就淡薄了　一切不變

相愛容易相處難
愛侶的伊甸園成了怨偶的煉獄
暗夜哭泣　卻不能相互拭淚
如果愛情如此不堪檢驗
相愛真的不如單戀

這是現在年輕人的困境，無解的習題，難怪選擇不婚不戀的人越來越多。我在有一次的討論會總結三個原因：（一）壓力太大、（二）風險太高、（三）犧牲太多，所以不婚不戀不生不愛。這三點，每一點都是一萬字的學術論文，此處只能最簡單的提示。

拾伍、《劉正偉現代詩賞析：情詩王子的愛戀世界》（二〇一八年）

我發現，最好的談情說愛方式，就像劉文偉這樣「三無一沒有」（無壓力、無風險、無犧牲、不須負責）。把寄託放在詩中，注入真情，在想像中進行感情交流，在幻境中完成性愛滿足，在情詩王國構建完美的愛戀世界。以下賞讀幾首性愛意涵很濃的情詩。

春夢

夜裡，我的無數煩惱絲
因思念，紛紛激動起來
每一根都豎立
像一條條小蛇
急欲穿過夢境
飛奔而去，向你的夢裡

夢裡，無數小蛇化作黑夜幕簾
溫柔地，將兩人輕輕地纏繞
愛的蛇信，燙熟了一顆蘋果
夜，就更深了

《野薑花》詩刊第十期，二〇一四年九月

貓貓雨

天空下起貓貓雨
柔順如妳細毛的溫柔貓暱
撫摩擁有的美好時光
纏綿，繾綣

雨絲，密密綿綿
如絲，如線
將往事輕輕串起

貓貓雨，有著溫柔的細爪
常常輕易地，將回憶抓傷

註：貓貓雨，毛毛雨的諧音

《創世紀》詩刊，一七九期，二〇一四年六月詩，很吸引人的地方，是永遠保有想像空間，讓人不知真假，而誰讀都能得到滿足。如這類情詩，也可能詩人真的有過熱戀，經過「真刀真槍」的實踐檢證後，創作出來寫實的情詩；或者完全想像，就任人解讀了！

拾陸、《陳寧貴現代詩研究：全才詩人的詩情遊蹤》（二〇一八年）

陳寧貴的文學創作，以散文、小說、兒童文學和現代詩四類。在已出版為準中，散文最多，小說和兒童文學次之，詩只有一九七七年的《劍客》和一九八〇年的《商怨》兩本。在各期《華文現代詩》尚有些客語詩，及羅門、蓉子詩的讀後心得。陳寧貴也善寫情詩，且是「斷腸情詩」，賞讀〈斷腸花〉：

> 昔有女子，情人不至，淚灑地遂生此花。
> 色如婦面，甚媚，名斷腸花。——《採蘭雜誌》

延著三更走下去
夢便悄悄地來了

月亮從窗口
宛如一條清澈而冰涼的流水
流進來
把她的眼眶和心情濡濕了

輕輕翻身，她知道
一不小心就可能把美夢弄破
所以，在喃喃呼喚的夢裡
她的聲音好遙遠
遙遠得彷彿來自

天
涯

陳寧貴已隱居很久了，江湖上很久沒有他的訊息（其實我也是不涉江湖的）。幾年前他在臉書有一段貼文，大意說，做好一件事，關鍵不是聚光燈照著，而是「專心」二字。我很認同，我因專心才有「十本點將錄」的出版，他可能正在專心「做好一件事」，我是一輩子只專心做好一件事。

《華文現代詩》七家簡介如前，雜誌六年就打烊了，我清楚每個人心中都有「怨」，只是不說，或說不出口。只能說因緣不俱足，往好處想，因緣俱足六年，留下很多「文化財」，諸子于有功焉！

拾柒、《觀自在綠蒂詩話：無住生詩的漂泊詩人》（二〇一九年）

認識詩人綠蒂（王吉隆）很久了！現在要用一本巨著研究回報這位老友，主要依據他已出版的文本：《泊岸》、《風的捕手》、《春天記事》、《夏日山城》、《秋水雲影》、《冬雪冰清》、《北港溪的黃昏》、《存在美麗的瞬間》、《綠蒂詩選》。以上九本約一千多首詩，經研究後定下這個書名，在書上已有詳細說明，這裡就欣賞他的一首詩，〈他鄉遇故知〉：

微風
自你髮梢走過
夾以草原青綠的芳香

月光
為月色塗上
不炫耀的象牙白

眼神
深情地傾聽
夜蟲與花卉的私語

心情
溫柔地脈動著
不為你我單獨留駐的時光

故事
是寫在黑板上
擦拭後不留痕跡的告白

短詩
是鏤刻在風中
久久不散共同的鄉愁

此境
只在今夜
卻是夢幻成真的天堂

這是人生終極原鄉的追尋，談到「終極原鄉」通常是宗教式的原鄉，如天國或西方極樂世界。但在中國文化中，文學藝術可以是人生終極原鄉，不必宗教，中國人講文以載道，這「道」就有宗教意味。

綠蒂的人生原鄉就是詩歌文學，詩歌文學藝術也是綠蒂的宗教，他並非什麼教的信徒，他是詩的信徒。

拾捌、《中國詩歌墾拓者海青青：《牡丹園》與《大中原歌壇》（二〇二〇年）

這是我為海青青寫的第二本研究專書，研究的對象除了海青青作品，還有他辦的兩個刊物，詩刊《牡丹園》和歌刊《大中原歌壇》。一個窮詩人同時辦這兩種雜誌，完全沒有公費支持，要有很大的使命感，該書有詳盡說明，此處賞讀海青青的〈牡丹心語〉：

臉上一春風
按耐不住一冬激情
推掉一切
去赴你一年一度的約定
陋室打掃乾淨
洛水溢滿唐三彩花瓶
單等你來

盧舍那般含笑蓮中
宣紙為你備好
筆墨也已備停
就等你在畫幅上
舞一曲國色輕盈

還要把你移進心中
讓詩句吐露你天香
讓玉笛回蕩你倩影
還有
排練了一年的心語
要説給你一個人
一個人聽……

海青青辦詩刊，也辦歌刊，這可能是現在全中國的唯一（公辦不算），至少我尚未聞詩人辦歌刊的。海青青的歌刊叫《大中原歌壇》，他也是洛陽著名音樂人，作詞作曲他也是一把手，以下欣賞他作詞作曲的兩首歌。

大中原

1=C 4/4

尤素福·海青青　词曲
海青青　演唱

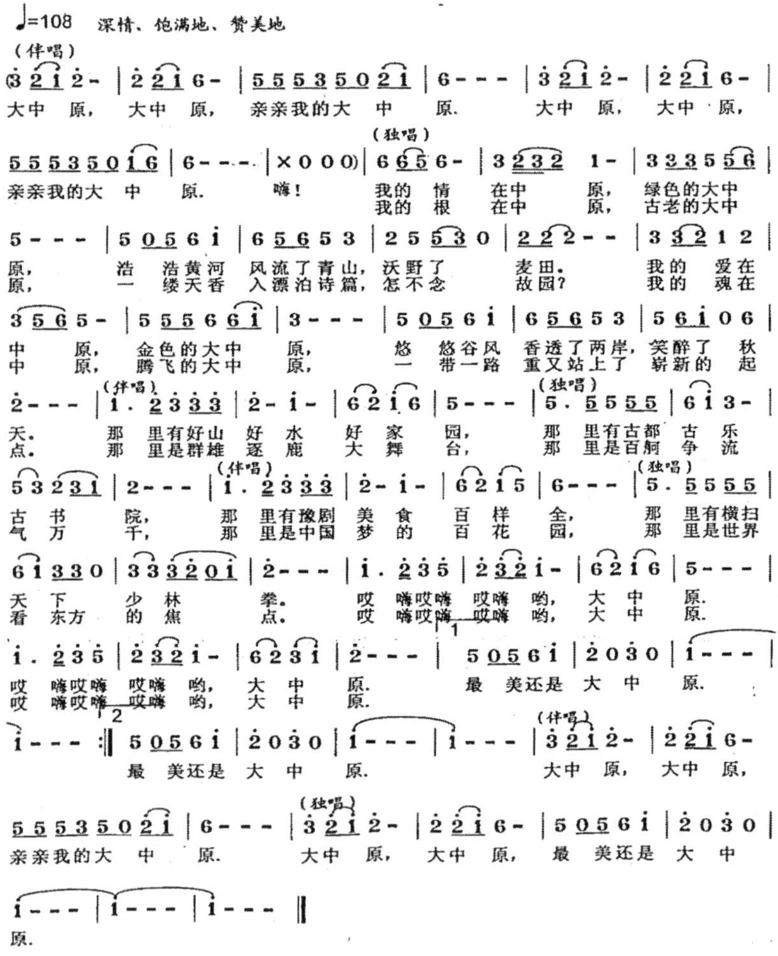
♩=108　深情、饱满地、赞美地
（伴唱）
大中原，大中原，亲亲我的大中原．大中原，大中原，
亲亲我的大中原．嗨！
（独唱）
我的情在中原，绿色的大中
我的根在中原，古老的大中
原，浩浩黄河风流了青山，沃野了麦田。我的爱在
原，一缕天香入漂泊诗篇，怎不念故园？我的魂在
中原，金色的大中原，悠悠谷风香透了两岸，笑醉了秋
中原，腾飞的大中原，一带一路重又站上了崭新的起
（伴唱）
（独唱）
天。那里有好山好水好家园，那里有古都古乐
点。那里是群雄逐鹿大舞台，那里是百舸争流
（伴唱）
（独唱）
古书院，那里有豫剧美食百样全，那里有横扫
气万千，那里是中国梦的百花园，那里是世界
天下少林拳。哎嗨哎嗨哎嗨哟，大中原．
看东方的焦点。哎嗨哎嗨哎嗨哟，大中原．
哎嗨哎嗨哎嗨哟，大中原．最美还是大中原．
哎嗨哎嗨哎嗨哟，大中原．
最美还是大中原．
（伴唱）
大中原，大中原，
（独唱）
亲亲我的大中原．大中原，大中原，最美还是大中
原．

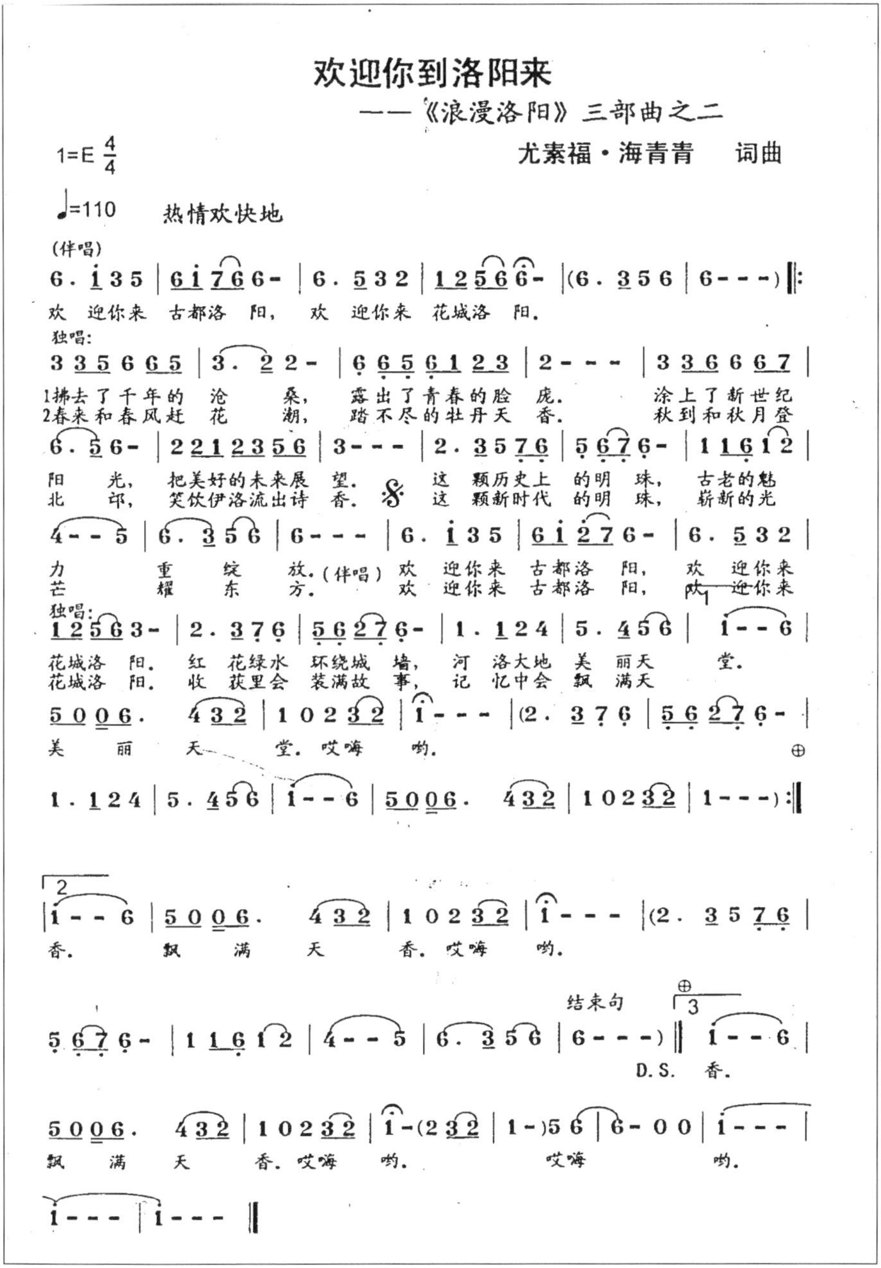

欢迎你到洛阳来

——《浪漫洛阳》三部曲之二

尤素福·海青青　词曲

1=E　4/4

♩=110　热情欢快地

(伴唱)

6. 1̲ 3̲ 5 | 6̲ 1̲ 7̲ 6̲ 6- | 6. 5̲ 3̲ 2 | 1̲ 2̲ 5̲ 6̲ 6- | (6. 3̲ 5̲ 6 | 6- - -) ‖:

欢　迎你来　古都洛　阳,　欢　迎你来　花城洛　阳.

独唱:

3̲ 3̲ 5̲ 6̲ 6̲ 5̲ | 3. 2̲ 2- | 6̲ 6̲ 5̲ 6̲ 1̲ 2̲ 3 | 2- - - | 3̲ 3̲ 6̲ 6̲ 6̲ 7̲

1 拂去了千年的　沧　桑,　露出了青春的脸　庞.　　　涂上了新世纪
2 春来和春风赶花　潮,　踏不尽的牡丹天　香.　　　秋到和秋月登

6. 5̲ 6̲ | 2̲ 2̲ 1̲ 2̲ 3̲ 5̲ 6 | 3- - - | 2. 3̲ 5̲ 7̲ 6̲ | 5̲ 6̲ 7̲ 6̲ | 1̲ 1̲ 6̲ 1̲ 2̲

阳　光,　把美好的未来展　望.　这颗历史上　的明　珠,　古老的魅
北　邙,　笑饮伊洛流出诗　香.　这颗新时代　的明　珠,　崭新的光

4- - 5 | 6. 3̲ 5̲ 6 | 6. 1̲ 3̲ 5 | 6̲ 1̲ 2̲ 7̲ 6 | 6. 5̲ 3̲ 2

力　　重　绽　放.(伴唱)欢　迎你来　古都洛　阳,　欢　迎你来
芒　　耀　东　方.　　　　欢　迎你来　古都洛　阳,　内　迎你来

独唱:

1̲ 2̲ 5̲ 6̲ 3- | 2. 3̲ 7̲ 6̲ | 5̲ 6̲ 2̲ 7̲ 6- | 1. 1̲ 2̲ 4 | 5. 4̲ 5̲ 6 | 1- - 6

花城洛　阳.　红　花绿水　环绕城　墙,　河　洛大地美　丽天　堂.
花城洛　阳.　收　获里会　装满故　事,　记　忆中会　飘满天

5̲ 0̲ 0̲ 6. 4̲ 3̲ 2̲ | 1 0 2̲ 3̲ 2̲ | 1- - - | (2. 3̲ 7̲ 6̲ | 5̲ 6̲ 2̲ 7̲ 6-

美　丽天　堂. 哎嗨　哟.

1. 1̲ 2̲ 4 | 5. 4̲ 5̲ 6 | 1- - 6 | 5̲ 0̲ 0̲ 6. 4̲ 3̲ 2̲ | 1 0 2̲ 3̲ 2̲ | 1- - -) :‖

[2]

1- - 6 | 5̲ 0̲ 0̲ 6. 4̲ 3̲ 2̲ | 1 0 2̲ 3̲ 2̲ | 1- - - | (2. 3̲ 5̲ 7̲ 6̲ |

香.　　飘　满　天　香. 哎嗨　哟.

结束句

5̲ 6̲ 7̲ 6- | 1̲ 1̲ 6̲ 1̲ 2̲ | 4- - 5 | 6. 3̲ 5̲ 6 | 6- - -) ‖ 1- - 6

D.S. 香.

5̲ 0̲ 0̲ 6. 4̲ 3̲ 2̲ | 1 0 2̲ 3̲ 2̲ | 1-(2̲ 3̲ 2̲ | 1-)5 6̲ | 6- 0 0 | 1- - -

飘　满　天　香. 哎嗨　哟.　　哎嗨　　哟.

第十章　超越興趣和專業，使命感寫作

作家會寫出什麼作品？初步的思維，必定和他所學專業有關，進一步若興起、好奇、想像擴張，就會寫些超越專業以外的東西。例如，學理科的改寫科幻小說，這種事在世界文壇上很常見。

我檢視自己這一百多本書，除了詩歌文學是一輩子不放棄的興趣，由於專業（政治學、軍事學）的擴張，衍生使命感。寫作是一種思考過程，思考自己的基因背景，這方面著作比較嚴肅。

壹、政治、政黨、政治學、政治制度、政治思想

政治的定義，有超廣、廣、狹三義。超廣義是科學家在研究黑猩猩行為時，發現牠們有很多類似人類的政治行為，如組黨結派、相互撕殺、種族岐視和滅絕等；進而反推人類的政治行為，就是從牠們開始演化而來。原來我們的政治腦袋，

早已受制於基因，黑猩猩和人類都是政治動物，二者相似度不可思議的高。

廣義政治就像孫中山說的「政治是管理眾人之事」，說白了，人生都逃不了受政治制約。甚至人類所有文明、文化、宗教、民族、家族……也都受到政治力影響。更有甚者，人之死，怎樣死？死在哪裡？如何處理等，也受政治影響（政黨意識形態不同會有不同法律）。

狹義的政治，是把政治當成一門學科叫「政治學」，由此再分化成很多「子學科」如：政黨政治、比較政治、政治思想（中國、西洋）、政治制度、政治史、國家研究、區域政治、公共政策、國際政治……再延伸到方法論，如「政治學方法論」等。筆者任教空大十餘年間，政治學各子科目都教過，多本著作都是當時上課講義，加上補實整理而來。

我所有上課的筆記，幾乎最後都發展成一本書，並且正式出版。這和我的讀書習慣有關，不論讀什麼（只要我判定必須），一定會專心讀並做筆記。我發現，讀書不做筆記效果很差（下章詳述），所以我一定會做很完整的筆記。「知識」經過手的處理（手寫），就會永久留在腦海中，若只是翻閱「看過」，效果很低，好像那些「知識」並未「進門」，進入腦裡！

為什麼現代社會的「民主政治」可怕？因為民主以私利（個人主義為基礎）為立論原理，個人和政黨利益大於社會整體利益。像臺獨偽政權妖女魔男搞的「同婚法」，就是以極少個人利益為出發點，不管這種法搞下去，就是「絕子絕孫」法，只要眼前獲利就好。幸好，只在臺灣一地，中國永遠不會有這種法，把「亂源」匡列在這小島上，保住大中國可以正常發展，這是大陸現在的思維，所以大陸根本不急於拿臺灣。

我因對政治研究的興起（也是本科畢專業），有關「狹義政治」著作亦多如：《中國近代黨派發展研究新詮》、《政治學方法論概述》、《找尋理想國：中國式民主政治研究要綱》、《中國政治思想新詮》、《西洋政治思想概說》、《大陸政策與兩岸關係》、《解開兩岸十大弔詭》。但「戰爭是政治的延續」，所以多本與戰爭、戰略和國家安全系列，都可以算入「狹義政治」屬性的作品。至於「廣義政治」屬性，我九成的書均可列入，列如三千行長詩《甘薯史記》，是現代詩形式，內容像科幻，實際涵意還是政治，是臺灣政治史話。

貳、生命力：兩性關係是永恆的創作素材與動力來源

我從年輕時代就對兩性關係很有興趣，這或許和潮流有關。現在四年級生、五年級生都有經驗，當時的年輕人普遍認為成家是人生的天職，談戀愛找個女人

結婚是那時的顯學；反之，女生也認同。

由於兩性都有這種共識，因此在學生時代（大學為主），談戀愛可以說是「全民運動」，幾乎全班同學都在研究情書的寫法。怎樣用一封情書讓女朋友動心，比所有功課重要，這是民國六十年左右的情境，我這樣說，並非我一家之言，現在六十到八十左右的老人家，定有這樣的經驗回憶。

有人說男人永遠需要女人，而女人可以不要男人，這話說的很意識形態，但從生物學來看，應是雙方都有需要（不論哪方面的需要），差別只在程度而已。數十年來，我時而當個旁觀研究者，時而親身實驗，滿足一下需要，現實裡不可能圓滿，必有所缺，缺口需要補實。所謂「實踐是檢驗真理唯一的辦法」，我所有關於兩性關係的著作（散文、詩歌、小說等），就是我的實踐體驗心得，乃至實踐報告。

兩性關係中「性愛」誘惑是核心元素，乃至是創造的動力。這部分男性比女性強烈是確定的。但性與創造力的關係則是兩性一樣，弗洛依德（Sigmund Freud，1856-1939）稱之「Libido」（力必多），認為人類所有文化成就，如文學、詩歌、藝術、宗教、法律……都是「力必多」發展的結果，而力必多就是生命力，成為心理學重要理論，被稱為「心理分析要義」。弗洛依德更宣言，「所有的神經病患全都是性機能受到妨害所造成，無一例外。」。因此，性愛的滿足，性的舒解是必要的，但要做的合情合理，不生糾紛，這就要有大戰略高度的管控。否則未得其利，先受其害，還能創造出什麼？

在我所有的著作中，以兩性關係為核心書寫主題有：《公主與王子的夢幻》（散文）、《性情世界：陳福成情詩集》、《男人和女人的情話真話》（一頁一小品）、《迷情．奇謀．輪迴》（長篇小說）、《那些年我們是這樣寫情書的》（手稿）、《那些年我們是這樣談戀愛的》（手稿）、《外公和外婆的詩》。

參、中國神譜，兼有關宗教的主題論說

人的一生到了晚年才會真心接觸宗教，我雖高中時代在某種因緣推動下，接受了基督洗禮。但往後的二十多年，我讀了很多《西洋史》、《西洋思想史》和《中國近代史》這類著作，發現基督教「太可怕了」，其信徒也可怕極了。我碰到一些基督徒，無父無母、無祖先觀念，心中只有亞伯拉罕和主耶穌；更可怕的，信了基督教，就沒了孔孟，也沒了炎黃子孫，沒了中華民族，似乎成了以色列人，再也不是中國人。這是多麼可怕的事！吾有一友，他女兒信了基督教後，便回家把公媽牌拿出去丟了，「壓著」媽媽要去受洗……家中掀起了造反運動，親情倫

理家庭關係撕裂了……這情景如同現在，家中有人成了民進黨同路人……也一樣，可怕極了！

所以我最終皈依我佛，中華文化中有三個核心價值，正是「儒佛道」，儒佛道才是中國人的信仰。血液中流著炎黃的血，又生為中國人，當然信仰中國人的宗教。以下幾本著作是我多年的用心用功：《中國神譜：中國民間信仰之理論與實務》、《從皈依到短期出家》、《一隻菜鳥的學佛初認識》、《天帝教的中華文化意涵》、《天帝教第二人間使命：上帝加持中國統一的努力》。另外，《夢幻泡影：金剛人生現代詩經》、《這一世我們乘著佛法行過神州大地》，這兩本的用心，主要也是在宣揚佛法。而《迷情・奇謀・輪迴》雖是小說，但基本上也不離佛教的宇宙觀和人生觀。

天帝教雖宣揚五教（儒、佛、道、回、天主基督）同源，同屬天帝，這個天帝就是「上帝」，但不是天主基督的上帝，而是三千多年前《詩經》中的上帝。在我國古書《詩經》提到「上帝」有一百多處，可見三千多年前上帝已在中國，故中國古稱「神州」。到了約兩千年前，西洋的天主基督「上帝」才出現，從中國傳去是合理的判斷，五教同源的天帝教致力於中國統一，以上帝的加持力量完成之，所以我為天帝教寫兩本書，也是加持鼓舞。

《中國神譜：中國民間信仰之理論與實務》，是一部六百頁大書。有理論篇、實務篇，所謂「中國民間信仰」，非佛教，非道教，非儒教，經二千多年融合，早已是儒佛道合一而成民間信仰。這和現在的佛光山、中臺山、法鼓山、靈鷲山或慈濟，是完全不一樣的兩回事，許多人都混惑一說。《中國神譜》一書，講述中國有史以來的民間信仰眾神，臺灣地區百姓所信的神，全部都是「中國人、中國神」。舉例如下：

保生大帝：宋朝太平興國人，本名吳本，一生行醫救人，世人尊為醫藥神，亦叫「大道公」。

清水祖師：宋仁宗時高僧，俗名陳應，廣度眾生。

天上聖母：即媽祖，或稱天后。俗名林默娘，宋代福建莆田人，閩臺地區信眾極廣。

臨水夫人：唐代宗時福州人，救人而亡，俗名陳靖姑，是婦女兒童守護神。

長春祖師：元朝漢化功臣，俗名邱處機，山東棲霞人，道教全真龍門派創派祖師。

九天玄女：黃帝之師，助帝戰蚩尤。

三山國王：相傳是潮州府揭陽市的三座山，明山、巾山和獨山的山神。另說是宋文帝時，連傑、趙軒和喬俊三人的救國護民事蹟，是客家守護神。

西秦王爺：即唐太宗李世民。

關聖帝君：即三國名將關羽，武聖關公。

福德正神：土地公，炎帝神農氏十一世孫句龍，因功封「社稷」，民間最基層的神。

三官大帝：即堯、舜、禹三聖。

其他如：九龍三公、開漳聖王、無生老母、梓橦帝君（文昌帝君）……乃至孔子、孟子……佛祖、觀世音，在許多廟裡，儒、佛、道三家諸神常聚於一堂，供世人禮拜滿人所願。中國民間信仰也和歷史文化相關，例如文昌帝君與關公、孚佑帝君呂洞賓、魁星夫子和朱衣神君合稱「五文昌」。後明末太僕奇少卿沈光文，到臺南教平埔族漢文，世稱「臺灣孔子」，合五文昌也叫「六文昌」，臺南善化慶安宮，即主祠沈光文，他最早把中華文化傳到臺灣。

臺灣地區所有各地廟宇之諸神，全部都是「中國人、中國神」，無一例外，只要歷史上有功於民族、社會，不論身份地位，大多能得以「封神」受歷代百姓供奉。苗栗後龍有一「新蓮寺」供奉的是王昭君，二〇〇九年十月間，新蓮寺主委余文秀籌組「護送昭君娘娘回娘家」活動，到王昭君故鄉湖北省興山縣，參加昭君文化論壇，這是很溫馨的兩岸交流，體現「兩岸一家親」的親情倫理關係，確實千年不壞！

臺灣民間信仰眾神，各廟宇每年都有為神明辦「回家」活動，到大陸祖居地參訪。神都不放棄祂的族裔和祂的故土，人如何能與祖國割離，這是臺獨走不通的原因之一吧！

肆、我在臺灣大學的歡樂與感傷，《臺大教官興衰錄》

我在野戰部隊待了十九年，沒有轉軍訓教官，原因之一是部隊各級長官對軍校正科班出身的職業軍人要轉教官，持非常負面的說法，大約不外「畏苦怕難、可恥、沒出息」。絕大多數長官都訓示說「你的戰場就在野戰部隊」，但我野戰部隊實在待不下去了，可詳見《五十不惑》和《迷航記》二書。

民國八十三年四月十六日，我到臺灣大學報到，又幹了五年才以上校主任教官職退伍，退職後二十多年來仍和臺大有密切因緣。相較於野戰部隊，在臺大真是「其樂無窮」，臺大是我頓悟的道場。

多年來，我以臺大為核心主題出版的著作有：《一個軍校生的臺大閒情》、

《臺大逸仙學會：中國統一的大戰略經營》、《最自在的是彩霞：臺大退休人員聯誼會》、《臺大教官興衰錄》、《臺北公館臺大地區考古導覽》、《臺大退休人員聯誼會會訊》（編）、《臺大退休人員聯誼會第九任理事長記實》、《臺大退休人員聯誼會第十任理事長記實》、《臺大遺境：失落圖像詩題集》。其他散文、詩歌集，也大多寫到臺大一些點滴剪影。

特為一說《臺大教官興衰錄》一書，是我在臺大唯一的感傷，刻意要留下的歷史記錄。在我到臺大的前一年（民82），大漢奸李登輝手下那些臺獨妖女魔男，在各大學策動「教官滾出校園」學運，沒頭沒腦的臺大學生很快被政客動員，竟有不少豬頭「圍攻教官室」。

八十三年四月我到臺大，整個生態環境對教官都不利，不久軍訓課改成選修，臺大學生為了當預官，修軍訓的學生仍然多，軍訓教官暫無「失業」問題。按《國立臺灣大學軍訓教官現職冊》（民86年元月），現職有：總教官李長嘯將軍、上校主任教官孫彭聲、上校主任教官楊長基（以下階級、職稱從略）、林柏宏、吳元俊、陳福成（筆者）、林怡忠、許火利、李建璽、王力生、張德英、馬大明、劉亞凡、王肇航、查公正、楊松麟、賴明俊、林一熹、曹祥炎、林福佐、王潤身、莊炫淦、周錫郎、吳坤演、孫興民、韓大勇、張茂榮、唐瑞和、王寶貴、詹源興、陳國慶、駱華嘉、孫晉興、陳錫寬、張義方、雷慶餘、黃筱荃、熊文娟、郭玉華、荊嘉婉、高小仙、蔣先鳳、陳梅燕、吳慧華、王福燕、吳曉慧、彭瑞姫。

以上男教官三十五位，女教官十二位，總共四十七位教官，是全臺陣容最大的軍訓室。另，尚有教「軍護」的護理老師（兼任、非軍職）有：陳純貞、郭碧雲、葉琇珠、陳芳珍、陳凌仙、張淑容、陳秀卿。

我並不反對教官退出校園，天下沒有什麼制度是不可變的，要教官退出校園很簡單，立法院修法就好，不是搞學運、搞政治鬥爭、任由學校為所欲為。臺大先是把軍訓課改選修，接著教官「遇缺不補」，很快就「消化」光了。我退休（民88）後不久，聽說臺大教官已歸零，臺大真是臺島之「造反聖地、教官終結者」。我的感傷《臺大教官興衰錄》，讓後人評說吧！

雖是感傷，但因地緣、人緣、事緣、時緣、物緣、錢緣等因緣，全都在臺大，至今（二〇二一年）有二十七年了，仍參與臺大許多活動。也當了兩任「臺大退聯會理事長」，在任職內也盡心盡力當好這個角色，兩任四年的工作記實分別也出版兩本書，凡走過都留下痕跡，歷史絕不成灰是我的信念。

伍、消滅倭寇：《大浩劫後》與《日本問題的終極處理》

二戰到了最後，小日本鬼子只剩本島沒有被攻佔，這時美俄兩國都在研究如何登陸日本本土，消滅倭鬼最後的戰爭機器，以期盡早結束戰爭。

美國人估算若要登陸日本本土，其本土防衛兵力尚有數百萬人（含民間自衛武力），美國年輕人恐要再死五十萬人。杜魯門認為犧牲太大，最終決定用兩顆原子彈解決，又快又方便，又不死自己人。

大約此時蘇聯也在研究，俄國也痛恨日本鬼子，他們用的方法比美國人徹底，是一種「終極處理法」。蘇聯當時領導人是史達林，計畫在日本富士山投下大批炸彈，引爆富士山火山，使日本列島沈沒太平洋底。可惜，他們晚了半步，讓美國搶了先機丟下原子彈，若當年蘇聯計畫成功，二戰後地球上便沒了日本國，也沒了大和民族，亞洲可以永久和平。

至今我仍認為，大和民族是地球上不該存在的物種，牠們是很邪惡的「類人」，牠們的存在是對人類的威脅，至少對亞洲人是有很大的安全威脅。所以，必令日本國滅亡，使其亡國亡種亡族，但由誰來滅亡牠們？這個任務就是二十一世紀中國人的天命，必須在本世紀中葉前適當時機，以迅雷不及掩耳的半夜裡，用核武一舉消滅這個「大不和」民族。啟動這個中國人的天命，我認為是自己這一生的天命，我的使命！

有兩本書為這個使命而寫：《大浩劫後：日本東京都知事石原慎太郎天譴說溯源探解》、《日本問題的終極處理：廿一世紀中國人的天命與扶桑省建設要綱》。「日本列島遲早必沈」，這已經不是什麼秘密了，這是美國科學家得出的結論。由倭人列島所在位置是馬尼亞納海溝頂部，海溝正在加速裂開，加上東側大平洋海床加速下滑，最終（本世紀內）列島必沈，這是天譴，更是因果報應的結果。

陸、《第四波戰爭開山鼻祖賓拉登》：拖垮美國爲中國創造機會

前美國瘋人統領川普和現任拜登，競選期間都在爭論過去的二十年，美國光在打仗，而中國在默默積極發展。如今……說不出的痛啊！導致這個「果」的前因雖多，但最重要的是賓拉登創作的極品「九一一事件」，這是我為賓拉登立傳，

宣揚他的精神之動因。

說賓拉登的作品「九一一」，使美國加速衰落並成為全球最窮國（負債最多），讓中國埋頭快速發展二十年。如今，我大中國除了航母沒美帝多，其他早已超越，我這樣說，「呆丸郎」是絕不相信的，當然有國際觀、有大戰略觀的人，就深悟我的論述。故，賓拉登對世界、對伊斯蘭世界、對我大中國，予有功焉，他是阿拉（**Allah**）的自由戰士，深值我為他立傳。

阿拉伯人的名字都很長，他的全名應作 **Usamah bin Mohammad bin Awad bin Laden**（奧薩瑪．賓．穆罕默德．賓．阿瓦德．賓．拉登）。他一九五七年二月十五日，出生在沙烏地阿拉伯利亞德，二〇一一年五月一日午夜（美國時間），在巴基斯坦首都伊斯蘭馬巴德郊外別墅被美軍殺害。關於他一生的春秋大業，可詳見余所著《第四波戰爭開山鼻祖賓拉登》一書。

為何說賓拉登是第四波戰爭開山鼻祖？通常《軍事學》中把人類戰爭史區分三波演化，冷兵器時代，農業時代到工業革命前約有八千年，是謂第一波；工業革命開啟熱兵器時代，是謂第二波，約有三百年時間；美帝第一次侵略伊拉克，一九九〇年八月二日到一九九一年二月二十八日的波斯灣戰爭，開啟第三波戰爭典範。也因這場戰爭，讓中國有決心進行軍事革命，讓解放軍能打現代化的越海、越洋作戰。

「九一一」成為第四波戰爭典範，因為推翻了前三波戰爭法則，成為創新之典範：無國家、無軍隊、無兵器、無預算、無領土，「五大皆空」，便可對世界超強發動戰爭，削弱其國力，使其國民嚇破膽。筆者在該書，也鼓動所有阿拉的子民，持續對美國發動「九一一式」攻擊，直到所有白人霸權瓦解、崩潰為止！「白人優越主義」是全世界之禍端，須去之而後快！

順道一說，賓拉登有五個妻子，二十個孩子。這是最好的婚姻制度（從物種進化論看），當大家受少子化之苦時，伊斯蘭世界仍是「多子化」，造就伊斯蘭全球十八億人口。很多西方國家擔心歐洲不久就「伊斯蘭化」，這是一夫多妻制使物種發展趨向強大；反之，一夫一妻制，趨向少子、不婚或不生，更可怕的同婚，使物種弱化，若同婚太多則可能「物種滅絕」。

本章談使命感寫作，其他各章不同領域作品當然也是。我身為黃埔人，所以有《我讀北京《黃埔》雜誌的筆記》這樣的書出版，這是居於使命感，希望兩岸黃埔人有所交流。畢竟，兩岸黃埔人有共同的理想，都為「廿一世紀是中國人的世紀」而奮鬥。

我身為中國人，體內留著炎黃的血，我對中國、對中華民族、對將要實現的統一，都有使命感。在一百多本著作中書名有「中國」二字，就有十四本，有中國或中華意涵的更多，這都是因為身為「中國人也是臺灣人」的使命感。弘一大師曾說：「明師難過，佛法難得，生身中國更難得。」不知道現在的中國人有幾人知道。佛經《四十二章經》第三十六章〈展轉獲勝〉說：

佛言，人離惡道，得為人難。既得為人，去女即男難，既得為男，六根完具難。六根既具，生中國難。既生中國，值佛世難。既值佛世，遇道者難，既得遇道，興信心難。既興信心，發菩提心難。既發菩提心，無修無證難。

我雖佛教徒，但並未深研經典的時空背景，能領悟經典中幾句話就不得了了。很難想像在幾千年前，竟有聖者說出「生中國難」這樣的話，能生為人，又是中國人，是很難得的，經典如是說，弘一大師這麼說，我如是深信不疑。我一生行誼，我所有著作，都為宣揚這個信念。

第十一章　結　論：這一世過的真快

這本書寫到結論時，已是二〇二一年六月初，從上個月中旬臺灣疫情大爆發，每日確診數百，死亡人數天天破記錄。可惡的是，很多民間慈善團體要捐疫苗，都被臺獨偽政權那些妖女魔男卡住，牠們用私利、漢奸和意識型態三個邪惡意念在處理疫情。身為小民的我們只能看開，坐觀沈淪，因果報應遲早找上妖女魔男！

大環境如此邪惡、腐敗，只能宅在自己的避風港寫寫這一世的反思，頓覺時間過的好快，小學、初中、軍校七年、野戰部隊十九年、臺大五年，退休至今二十幾年，都好像幾天前的事。人生不可思議的走到七十歲，同學已有六十多人去報到了，今早（六月三日）袁國台傳來一訊息，砲科同學陳亞仲走了，現在所聽到都是某某人走了，祝他一路好走，無常是那麼的平常。好像無常就住你家隔鄰，隨時會來敲門叫你去喝老人茶！

這一世過的真快！問到底自己這一世在追求什麼？都說不上來。當詩人、作家全是意外，不是初心。那初心又是什麼？我確實有過初心，而且立志完成初心，在民國五十七年初入陸軍官校預備班十三期，我應該是十五歲或十六吧！就立志當蔣公子弟兵，未來要率大軍「反攻大陸、解救同胞」，這個志向夠偉大吧！

為了要完成偉大的志向，我開始研究如何統帥大軍，利用假日到鳳山書店買了兵法書看，《孫吳兵法》是一定要看的。預備班三年很快過了，不知怎麼過的，我們天天都把「霸凌」當磨練，「合理的是訓練、不合理是磨練」，是同學們可接受的信念；不能接受也只能恨在心裡，幹在肚裡，不會造反，頂多半夜一走了之！

時間的腳步走到陸官正期一年級入伍生（我們是44期）應該是民國六十年九月多了。腦袋不知道受到什麼鬼使神差的牽引，我和另外三個死黨同學（虞義輝、劉建民、張哲豪），四個人利用好幾個深夜，在黃埔大操場開會討論，最後得到一個決議：「幹軍人沒前途，我們應早早下去，開個大牧場或經商賺大錢。」天啊！竟突然把初心丟光光，也不反攻大陸、不解救同胞了，四人有志一同要追求財富……過了幾十年，七十歲了，只有吾國明朝大學者念菴一首詩偈〈苦追求〉能形容。

急急忙忙苦追求，寒寒暖暖度春秋；

朝朝暮暮營家計，昧昧昏昏白了頭。
是是非非何日了，煩煩惱惱幾時休；
明明白白一條路，萬萬千千不肯修。

傳言念菴晚年出家，他的詩偈真是讓我不得不「對號入座」，感覺像是他隔空五百年對我說。追求了半個多世紀，立志要完成的，計畫要追求的，全都一場空，不是生涯規劃的，竟意外的一一落實完成。真是「人生何用苦安排」！退休後深感「昧昧昏昏白了頭」，而這一世就快過了，我好像變成《金色童子因緣經》裡那隻少水魚，每天都有急迫感：「**寢宿過是夜，壽命隨減少，猶如少水魚，斯何有其樂**。」一隻少水魚，退休二十年寫了一百二十本書，真的是意外！

人到七十歲會想什麼？大家會說不外就是那件事。當然你可以不想，但經常有同學傳來「某人走了」，加上現在「妖女病毒」擴散全臺，電視每天報導死亡數又破了記錄，你會沒有感覺嗎？如《心地觀經》所說：

無常念念如餓虎，有為虛假難久停；
宿鳥平旦各分飛，命盡別離亦如是。

在《長阿含經》說的更嚇人，「**無間無常，人命逝速，喘息之間，猶亦難保。**」也確實，說的正是人生的真相，眾生難免無常之苦，有為的世間一切都不能長久，只好把握有限生命，做一點可以提昇生命價值的事（如創作）。所謂「死而不亡」，如李白、杜甫等，人都死了一千多年了，但他們的作品活在每個時代，他們何曾死過？我不能也不會想要和他們比，只把一隻少水魚可用的時間資源，盡力盡心發揮，其他世間八卦雜話不上我心。到七十歲了，必須盡己所能的平常心看待一切，如吾國宋代大文豪蘇東坡居士的一首詩：

> 廬山煙雨浙江潮，未到千般恨不消；
> 到得原來無別事，廬山煙雨浙江潮。

人對未知的情境事物都很好奇，對得不到的東西更是想要追求，等到追求到有了，神秘感就消失，東西仍是那東西沒有改變。若能用平常心看待這個世界，苦樂任其在境外，我們便能較自在自然些，不會因未到廬山看煙雨而煩惱吧！

這一世過的真快，一不小心，走到了黃昏，彩霞美不美？其實萬法唯心，面對未來的人生終站也是。你說是「終站」便是終站！你覺得只是「轉運站」便是轉運站！假如信念能堅定到《心經》所述：「**無老死，亦無老死盡……無有恐怖，**

遠離顛倒夢想……能除一切苦，眞實不虛。」信其真實不虛，便能「坦然不怖於生死」（引《景德傳燈錄》語）。這是何等修行？昏昧的凡夫要怎樣面對這一天？就讓自己所認識的一點點即粗又淺的佛法信念去引導吧！反正有了這一百多本書，好像有了兒孫傳承，就一切放下，笑看黃昏美景，走過這一世，走向來世！

附　　件

河南大學圖書館

收藏證書

No: 2017031

尊敬的陈福成 先生：

承蒙惠贈典籍貳種貳冊（件），沾溉學林，同深感激。已奉雅意，悉心珍藏，以供眾覽，專此布達，敬申謝忱！

河南大學圖書館館長

2017年5月26日

上海大学图书馆
Shanghai University Library

收藏证书

陳福成 先生：

承蒙惠赐，所赠《中国近代党派发展研究》《中国政治思想新诠》等叁册，本馆馆藏得以丰富，我馆将及时付诸展阅奉飨于读者。上海大学全体师生将因您的善举而受益良多，倍感嘉惠。

上海大学图书馆
馆长
2019年11月12日

山西大學圖書館

LIBRARY OF SHANXI UNIVERSITY

证书编号：2019137

尊敬的 陈福成 先生 / 女士：

承蒙惠赠典籍，深表谢忱！谨呈此证，永兹纪念！

我们将妥加管理，以充分发挥其作用，更好服务广大师生。尚祈续有惠赠为盼！

惠赠清单：《中国近代党派发展研究新诠》贰册

《五十不惑》壹册

《国家安全论坛》壹册

《历史上的三把利刃》壹册

《性情世界》壹册

《新领导与管理实务》壹册

尚祈山西大学图书馆

年 月 日

陳福成先生：頃承

惠贈圖書，深紉厚意。除編目善為珍

藏以供眾覽外，謹此申謝。

祇頌

公綏

計收：《我的革命檔案》等計 10 冊

國立嘉義大學圖書館　謹啟

民國一一〇年二月九日

贈書感謝函

陳福成作者，您好：

本館已經收到您捐贈的圖書資料，對於您的慷慨割愛與熱心厚愛，致上崇高感謝。由於技職院校的館藏極待成長，非常需要熱心人士能夠提供圖書資源。對於您所捐贈的圖書資源，我們一定會儘速處理，以求物盡其用，嘉惠學子，才不辜負您捐贈的美意與對本校師生們的厚愛。謹此致上全體同仁最誠摯的感謝。

南臺科技大學圖書館 敬上

民國 110 年 02 月 05 日

◎ 計收贈書明細如下：

我的革命檔案　等共計 10 冊

陳教授福成先生鈞鑒：

頃承惠贈下列書刊：<<<<華夏春秋>>雜誌合訂本1-6期>>、<<范蠡完勝三十六計：智謀之理論與全方位實務操作>>、<<臺大遺境：失落圖像現代詩題集>>、<<大浩劫後：日本東京都知事石原愼太郎「天譴說」溯源探解>>、<<古晟的誕生：陳福成六十回顧詩展>>等圖書共十六冊，深感厚意。本館將珍藏此書並儘速整理上架供讀者閱覽，特此申謝。耑此

敬頌時祺

中國文化大學圖書館　敬啓

中華民國 110 年 1 月 5 日

福成先生鈞鑒：

頃承惠贈下列書刊：<<把腳印典藏在雲端>>、<<我的革命檔案>>、<<留住末代書寫的身影>>、<<我這輩子幹了什麼好事 ：我和兩岸大學圖書館的因緣>>、<<最後一代書寫的身影 ：陳福成往來殘簡殘存集>>、<<臺灣大學退休人員聯誼會 ：第九屆理事長實記 2013-2014>>等圖書共十冊，深感厚意。本館將珍藏此贈書並儘速整理上架供讀者閱覽，特此申謝。耑此

敬頌時祺

中國文化大學圖書館　敬啓

中華民國 110 年 2 月 1 日

敬啟者：頃承

惠贈書刊 10 冊，謹致謝忱。不僅裨益本校圖書館館藏之充實，

且嘉惠本校師生良多。隆情高誼，特此致謝。耑此

敬頌

時祺

書名：如附件

國立臺北教育大學圖書館 謹啟

中華民國 110 年 2 月 3 日

書名:

(附件)

1. 我的革命檔案
2. 臺灣大學退休人員聯誼會第十屆理事長實記暨二０一五-二０一六重要事件簿
3. 把腳印典藏在雲端：三月詩會詩人手稿詩
4. 典藏斷滅的文明：最後一代書寫身影的告別紀念
5. 留住末代書寫的身影：三月詩會詩人往來書簡存集
6. 我與當代中國大學圖書館的因緣(三)： 暨人間道上零散腳印的證據詩題
7. 最後一代書寫的身影：陳福成往來殘簡殘存集
8. 臺灣大學退休人員聯誼會：第九屆理事長實記 2013-2014
9. 我與當代中國大學圖書館的因緣
10. 我這輩子幹了什麼好事：我和兩岸大學圖書館的因緣

陳福成著作全編總目

壹、兩岸關係

①決戰閏八月
②防衛大台灣
③解開兩岸十大弔詭
④大陸政策與兩岸關係

貳、國家安全

⑤國家安全與情治機關的弔詭
⑥國家安全與戰略關係
⑦國家安全論壇。

參、中國學四部曲

⑧中國歷代戰爭新詮
⑨中國近代黨派發展研究新詮
⑩中國政治思想新詮
⑪中國四大兵法家新詮：孫子、吳起、孫臏、孔明

肆、歷史、人類、文化、宗教、會黨

⑫神劍與屠刀
⑬中國神譜
⑭天帝教的中華文化意涵
⑮奴婢妾匪到革命家之路：復興廣播電台謝雪紅訪講錄
⑯洪門、青幫與哥老會研究

伍、詩〈現代詩、傳統詩〉、文學

⑰幻夢花開一江山
⑱赤縣行腳・神州心旅
⑲「外公」與「外婆」的詩
⑳尋找一座山
㉑春秋記實
㉒性情世界
㉓春秋詩選
㉔八方風雲性情世界
㉕古晟的誕生
㉖把腳印典藏在雲端
㉗從魯迅文學醫人魂救國魂說起
㉘六十後詩雜記詩集

陸、現代詩（詩人、詩社）研究

㉙三月詩會研究
㉚我們的春秋大業：三月詩會二十年別集
㉛中國當代平民詩人王學忠
㉜讀詩稗記
㉝嚴謹與浪漫之間
㉞一信詩學研究：解剖一隻九頭詩鵠
㉟囚徒
㊱胡爾泰現代詩臆說
㊲王學忠籲天詩錄

柒、春秋典型人物研究、遊記

㊳山西芮城劉焦智「鳳梅人」報研究
㊴在「鳳梅人」小橋上
㊵我所知道的孫大公

㊶為中華民族的生存發展進百書疏
㊷金秋六人行
㊸漸凍勇士陳宏

捌、小說、翻譯小說

㊹迷情・奇謀・輪迴、
㊺愛倫坡恐怖推理小說

玖、散文、論文、雜記、詩遊記、人生小品

㊻一個軍校生的台大閒情
㊼古道・秋風・瘦筆
㊽頓悟學習
㊾春秋正義
㊿公主與王子的夢幻、
(51)洄游的鮭魚
(52)男人和女人的情話真話
(53)台灣邊陲之美
(54)最自在的彩霞
(55)梁又平事件後

拾、回憶錄體

(56)五十不惑
(57)我的革命檔案
(58)台大教官興衰錄
(59)迷航記、
(60)最後一代書寫的身影
(61)我這輩子幹了什麼好事
(62)那些年我們是這樣寫情書的
(63)那些年我們是這樣談戀愛的
(64)台灣大學退休人員聯誼會第九屆理事長記實

拾壹、兵學、戰爭

(65)孫子實戰經驗研究
(66)第四波戰爭開山鼻祖賓拉登

拾貳、政治研究

(67)政治學方法論概說
(68)西洋政治思想史概述
(69)中國全民民主統一會北京行
(70)尋找理想國：中國式民主政治研究要綱

拾參、中國命運、喚醒國魂

(71)大浩劫後：日本 311 天譴說 日本問題的終極處理
(72)台大逸仙學會

拾肆、地方誌、地區研究

(73)台北公館台大地區考古・導覽
(74)台中開發史
(75)台北的前世今生
(76)台北公館地區開發史

拾伍、其他

(77)英文單字研究
(78)與君賞玩天地寬（文友評論）
(79)非常傳銷學
(80)新領導與管理實務

2015 年 9 月後新著

編號	書　　　　　名	出版社	出版時間	定價	字數（萬）	內容性質
81	一隻菜鳥的學佛初認識	文史哲	2015.09	460	12	學佛心得
82	海青青的天空	文史哲	2015.09	250	6	現代詩評
83	為播詩種與莊雲惠詩作初探	文史哲	2015.11	280	5	童詩、現代詩評
84	世界洪門歷史文化協會論壇	文史哲	2016.01	280	6	洪門活動紀錄
85	三搞統一：解剖共產黨、國民黨、民進黨怎樣搞統一	文史哲	2016.03	420	13	政治、統一
86	緣來艱辛非尋常－賞讀范揚松仿古體詩稿	文史哲	2016.04	400	9	詩、文學
87	大兵法家范蠡研究－商聖財神陶朱公傳奇	文史哲	2016.06	280	8	范蠡研究
88	典藏斷滅的文明：最後一代書寫身影的告別紀念	文史哲	2016.08	450	8	各種手稿
89	葉莎現代詩研究欣賞：靈山一朵花的美感	文史哲	2016.08	220	6	現代詩評
90	臺灣大學退休人員聯誼會第十屆理事長實記暨2015～2016 重要事件簿	文史哲	2016.04	400	8	日記
91	我與當代中國大學圖書館的因緣	文史哲	2017.04	300	5	紀念狀
92	廣西參訪遊記（編著）	文史哲	2016.10	300	6	詩、遊記
93	中國鄉土詩人金土作品研究	文史哲	2017.12	420	11	文學研究
94	暇豫翻翻《揚子江》詩刊：蟾蜍山麓讀書瑣記	文史哲	2018.02	320	7	文學研究
95	我讀上海《海上詩刊》：中國歷史園林豫園詩話瑣記	文史哲	2018.03	320	6	文學研究
96	天帝教第二人間使命：上帝加持中國統一之努力	文史哲	2018.03	460	13	宗教
97	范蠡致富研究與學習：商聖財神之實務與操作	文史哲	2018.06	280	8	文學研究
98	光陰簡史：我的影像回憶錄現代詩集	文史哲	2018.07	360	6	詩、文學
99	光陰考古學：失落圖像考古現代詩集	文史哲	2018.08	460	7	詩、文學
100	鄭雅文現代詩之佛法衍繹	文史哲	2018.08	240	6	文學研究
101	林錫嘉現代詩賞析	文史哲	2018.08	420	10	文學研究
102	現代田園詩人許其正作品研析	文史哲	2018.08	520	12	文學研究
103	莫渝現代詩賞析	文史哲	2018.08	320	7	文學研究
104	陳寧貴現代詩研究	文史哲	2018.08	380	9	文學研究
105	曾美霞現代詩研析	文史哲	2018.08	360	7	文學研究
106	劉正偉現代詩賞析	文史哲	2018.08	400	9	文學研究
107	陳福成著作述評：他的寫作人生	文史哲	2018.08	420	9	文學研究
108	舉起文化使命的火把：彭正雄出版及交流一甲子	文史哲	2018.08	480	9	文學研究
109	我讀北京《黃埔》雜誌的筆記	文史哲	2018.10	400	9	文學研究
110	北京天津廊坊參訪紀實	文史哲	2019.12	420	8	遊記
111	觀自在綠蒂詩話：無住生詩的漂泊詩人	文史哲	2019.12	420	14	文學研究
112	中國詩歌墾拓者海青青：《牡丹園》和《中原歌壇》	文史哲	2020.06	580	6	詩、文學
113	走過這一世的證據：影像回顧現代詩集	文史哲	2020.06	580	6	詩、文學

114	這一是我們同路的證據：影像回顧現代詩題集	文史哲	2020.06	540	6	詩、文學
115	感動世界：感動三界故事詩集	文史哲	2020.06	360	4	詩、文學
116	印加最後的獨白：蟾蜍山萬盛草齋詩稿	文史哲	2020.06	400	5	詩、文學
117	台大遺境：失落圖像現代詩題集	文史哲	2020.09	580	6	詩、文學
118	中國鄉土詩人金土作品研究反響選集	文史哲	2020.10	360	4	詩、文學
119	夢幻泡影：金剛人生現代詩經	文史哲	2020.11	580	6	詩、文學
120	范蠡完勝三十六計：智謀之理論與全方位實務操作	文史哲	2020.11	880	39	戰略研究
121	我與當代中國大學圖書館的因緣（三）	文史哲	2021.01	580	6	詩、文學
122	這一世我們乘佛法行過神州大地：生身中國人的難得與光榮史詩	文史哲	2021.03	580	6	詩、文學
123	地瓜最後的獨白：陳福成長詩集	文史哲	2021.05	240	3	詩、文學
124	甘薯史記：陳福成超時空傳奇長詩劇	文史哲	2021.07	320	3	詩、文學
125	這一世只做好一件事：為中華民族留下一筆文化公共財	文史哲	2021.0.9	380	6	人生記事

陳福成國防通識課程著編及其他作品

（各級學校教科書及其他）

編號	書　　　　名	出版社	教育部審定
1	國家安全概論（大學院校用）	幼　獅	民國 86 年
2	國家安全概述（高中職、專科用）	幼　獅	民國 86 年
3	國家安全概論（台灣大學專用書）	台　大	（臺大不送審）
4	軍事研究（大專院校用）	全　華	民國 95 年
5	國防通識（第一冊、高中學生用）	龍　騰	民國 94 年課程要綱
6	國防通識（第二冊、高中學生用）	龍　騰	同
7	國防通識（第三冊、高中學生用）	龍　騰	同
8	國防通識（第四冊、高中學生用）	龍　騰	同
9	國防通識（第一冊、教師專用）	龍　騰	同
10	國防通識（第二冊、教師專用）	龍　騰	同
11	國防通識（第三冊、教師專用）	龍　騰	同
12	國防通識（第四冊、教師專用）	龍　騰	同

註：上除編號 4，餘均非賣品，編號 4 至 12 均合著。